Never Ending Peace And Love

旅行，直到另一个世界

在尼泊尔

镜之形而　著

广东旅游出版社
GUANGDONG TRAVEL AND TOURISM PRESS

中国·广州

图书在版编目（ＣＩＰ）数据

旅行，直到另一个世界：在尼泊尔 / 镜之形而著. — 广州：广东旅游出版社，2015.9

ISBN 978-7-5570-0157-5

Ⅰ. ①旅… Ⅱ. ①镜… Ⅲ. ①游记－作品集－中国－当代

Ⅳ. ①I267.4

中国版本图书馆CIP数据核字(2015)第165692号

出 版 人：刘志松
策划编辑：廖文静　张晶晶
责任编辑：廖文静
封面设计：王玉美
装帧设计：谢晓丹
插　　图：谢晓丹
责任排编：刘振华
责任校对：李佩芬

旅行，直到另一个世界：在尼泊尔
Lüxing, Zhidao Lingyige Shijie: Zai Nepal
出版发行：广东旅游出版社
地址：广州市天河区五山路483号华南农业大学公共管理学院1栋第3楼
邮编：510642
邮购电话：020-87348243
广东旅游出版社网站：www.tourpress.cn
深圳市希望印务有限公司印刷
（深圳市坂田吉华路505号大丹工业园二楼）
开本：787毫米×1092毫米　　1/16
印张：14
字数：120千字
版次：2015年9月第 1 版
印次：2015年9月第 1 次印刷
印数：1-5000册
定价：45.00元

Preface

在徒步前往安纳布尔纳大本营的途中，曾遇到过不少来自全球各国的旅行者，有过或多或少的交流，他们中的很大一部分人都很喜欢问同一个问题——你的职业是什么？

尽管我并不清楚他们这么问的用意，不过，所谓来而不往非礼也，我有时会让他们猜一下，有时会直接给出答案，无论是哪一种方式，结局都是对方表示不可思议。

他们无法想象，一个扛着价值上万的单反相机这般对于普通游客来说很奢侈的摄影器材，能对喜马拉雅山脉各个山峰如数家珍，对各种地理历史侃侃而谈、翻山越岭乐此不疲的人，其职业会是整天窝在狭小的办公室，对着电脑屏幕上一堆堆令人头大的数字，还得把它们整理出个一二三四来自圆其说，这般枯燥乏味、理性无情。

在大本营遇到的德国人柏林在知道了我的职业和旅行经历之后，曾在温泉村问过我一个令我印象深刻的问题——你喜欢你的工作吗？

之所以印象深刻，是因为从来没人问过我类似的问题，甚至从没有人关心过这件事。从呱呱坠地到年过而立，所做的大多数事情都是基于"我应该"而不是"我喜欢"，因为与很多同龄人一样，我所受到的教育就是做人要按部就班，所谓什么年纪做什么事，从上学、考试、就业、恋爱到结婚生子等等，不一而足。

久而久之，不仅是旁人，就算是我自己也将之遗忘。因此，当这个在内心深处的角落里束之高阁已久的问题突然被翻了出来摆到面前时，我有点语塞，继而顾左右而言他——我需要这份工作给我提供旅行的费用。

柏林表示难以理解，只不过出于礼貌，他没有选择进一步问下一个问题——为什么要做自己不喜欢的工作？我明白他的想法，作为一个在发达国家长大、对东方世界缺乏了解的欧洲青年，他当然不知道居住在这里的人们要面对多大的生活压力，与做自己喜欢的事、活出自己认同的价值相比，生计或者迎合身边人的眼光往往显得更为重要。所以，每当大家谈论起这个话题时总是会说起童年时代的梦想是什么。

然后？就没有然后了。

见我面露难色，柏林有点不合时宜地希望用一个玩笑来打破尴尬，他说，凭我这水平，别回家了，就在这山里当个向导也不错。

确实，我有时觉得自己更适合去做一个像在冰川上一呆就是好几个月的地理学家，或者是扛着器材穿梭于各个国家的记者之类。今天在阿尔卑斯，明天在好望角，后天去巴拉干，哪天又会跑去克什米尔，掌握十几种不同语言，能与各种不同的群体交流，并把他们真实的生活状态告诉世人，那才是我该过的日子，才能更好地发挥自己某些与生俱来的天赋能力。

然而，与这些远大而美好的憧憬相比，事实从来都是如此骨感，我只是一个与寻常人无异、每天重复着朝九晚五的工作的城市蚁族。

自21世纪初期踏上徒步旅行的道路，10年间我走过了神州大地24个省级行政区域和海外8个国家、地区。我所有的旅行都是利用假期、使用工资积蓄自费前往，我累计撰写的70余万字游记、包括现在的这本书均来自自己的业余时间。

经常有人问我，为什么热爱徒步旅行。实际上，徒步旅行与我的人生道路一直是一种相互影响、相互促进的紧密关系，无论是主动还是被动，它确实在客观上改变了我的命运。

人的一生很短暂，时间、精力、资源都是有限的，在人生的道路上不可避免地会遇到各种选择乃至抉择，选择意味着需要付出机会成本，意味着放弃，有取必有舍，先舍才能得，从某种程度上说，取舍是一种终极智慧。

我觉得，人生最重要的事，就是找到属于自己的世界，那样生命才有意义。怎么找呢？其实很简单，选择你认为重要的，舍弃你认为不重要的。就像有些人选择结婚生子，有些人选择专注于专业工作，有些人选择投身公益，有些人选择献身艺术。那么换到我自己，徒步旅行也与上述这些选择无异，只是一种对生活的选择和取舍的结果而已。

这本书所讲的既是我在尼泊尔的徒步旅行，也是谈我对人生的理解。旅行本身或许并没有意义，每个旅行者离开自己熟悉的生活环境，走入了一个陌生的世界，都有各自的缘由，旅行的意义正是由不同的人对生活的迥异理解所赋予的。旅行是一面镜子，而旅行的意义就是映射出镜里你自己的样子。

我只是寻常人，但这并不构成无所作为的借口。无论是去喜马拉雅地区徒步，

还是写下这本书，既是出于对高原雪域的深厚情感，也是为了用事实说明，即使是无法采取间隔年或者辞职去旅行那样极端方式的普通人，也能在面对世俗的生活压力之余，将自己所钟爱、擅长的事情做到极致。从某种意义上说，这更是一件难能可贵的事。

出世容易入世难，隐于野易隐于市难。或许，正如佛法所提点的那样，在凡尘俗世间历练才是真正的修行，人生才是最大的冒险。

最后，我想把这篇游记献给我的一位朋友——阿里猪，他曾经是某著名旅行论坛的版主，我们虽素未谋面，却因共同的爱好神交已久。

不久之前，他在一次意外中驾鹤西去。我不想用"不幸"这样的字眼，因为我从不认为死亡是终点。在另一个世界，他还会是那个背着相机四处游荡，为自己，也为身边的人们带来快乐的"猪头"，我始终如此坚信着。

祝福他，也祝福所有在路上的人。

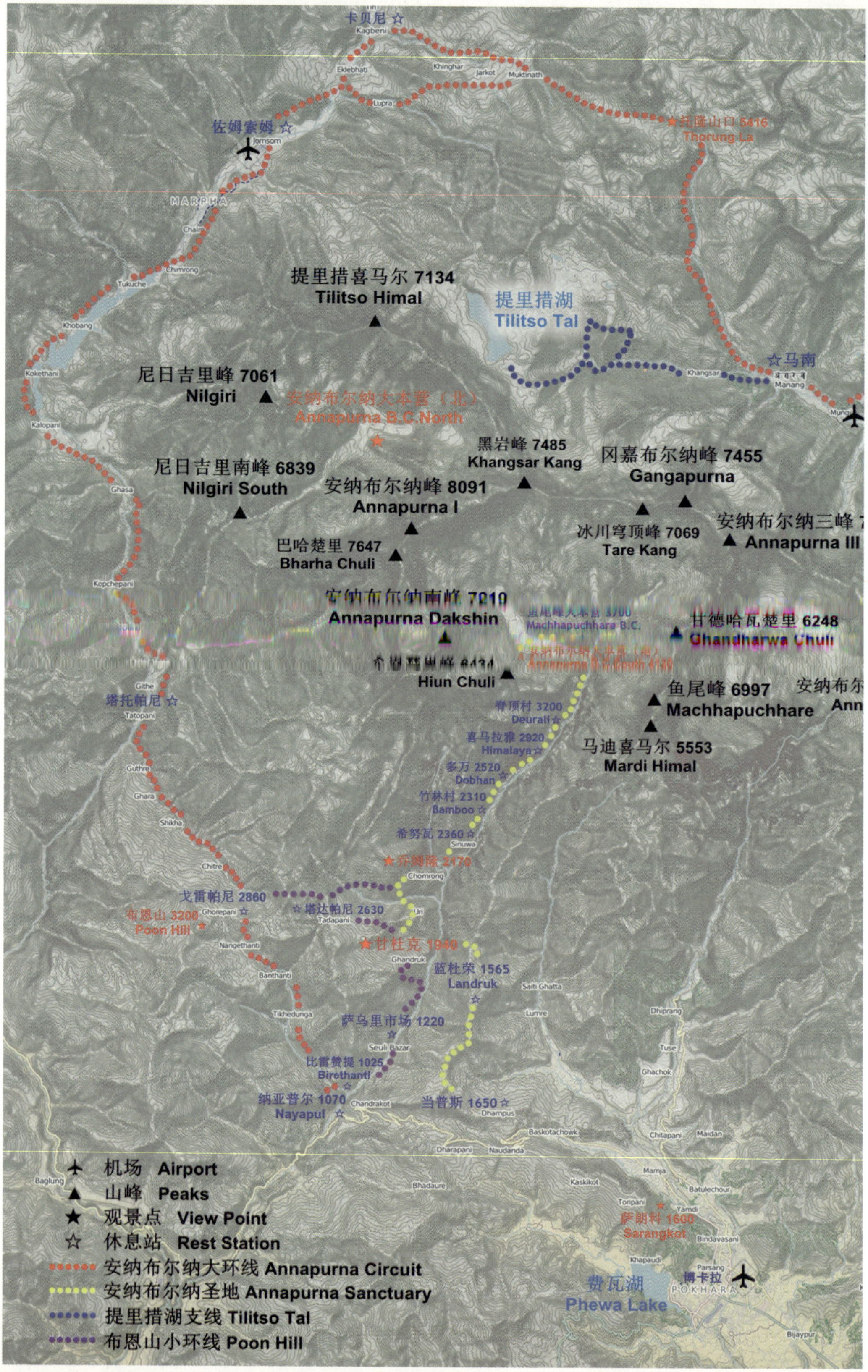

卡贝尼 ☆
Kagbeni
Eklebhati
Khinghar
Jarkot
Muktinath
Lupra
佐姆索姆 ☆
Jomsom
★托隆山口 5416
Thorung La
MARPHA
Chairo
Chimrong
Tukuche
提里措喜马尔 7134
Tilitso Himal
提里措湖
Tilitso Tal
Khobang
Kokethani
尼日吉里峰 7061
Nilgiri
安纳布尔纳大本营（北）
Annapurna B.C.North
☆马南
Khangsar
Manang
Kalopani
黑岩峰 7485
Khangsar Kang
冈嘉布尔纳峰 7455
Gangapurna
尼日吉里南峰 6839
Nilgiri South
安纳布尔纳峰 8091
Annapurna I
Ghasa
冰川穹顶峰 7069
Tare Kang
安纳布尔纳三峰
Annapurna III
巴哈楚里 7647
Bharha Chuli
Kopchepani
Annapurna Dakshin
Machhapuchhare B.C.
甘德哈瓦楚里 6248
Hiun Chuli
Githe
塔托帕尼 ☆
Tatopani
鱼尾峰 6997
Machhapuchhare
脊顶村 3200
Deurali ☆
喜马拉雅 2920
Himalaya ☆
马迪喜马尔 5553
Mardi Himal
Guthre
多万 2520
Dobhan ☆
Ghara
竹林村 2310
Bamboo ☆
Shikha
希努瓦 2360 ☆
Sinuwa
★乔姆隆 2170
Chomrong
Chitre
戈雷帕尼 2860
Ghorepani ☆
☆ 塔达帕尼 2630
Tadapani
Uri
布恩山 3200
Poon Hill ★
Nangethanti
★甘杜克 1940
Ghandruk
蓝杜荣 1565
Landruk ☆
Banthanti
Saiti Ghatta
Tikhedunga
萨乌里市场 1220
☆
Lumre
Dhiprang
Seuli Bazar
Tuse
比雷赞提 1025
Birethanti ☆
Ghachok
纳亚普尔 1070
Nayapul ☆
Chandrakot
当普斯 1650 ☆
Dhampus
Baskotachowk
Chitapani
Maidan
Dharapani
Naudanda
Baglung
Bhadaure
Kaskikot
Mamja
Batulechour
Torpani
Yamdi
萨朗科 1600
Sarangkot
Bindavasani
Khapaudi
Parsang
费瓦湖
Phewa Lake
博卡拉
POKHARA
Bijaypur
机场 Airport
山峰 Peaks
观景点 View Point
休息站 Rest Station
安纳布尔纳大环线 Annapurna Circuit
安纳布尔纳圣地 Annapurna Sanctuary
提里措湖支线 Tilitso Tal
布恩山小环线 Poon Hill

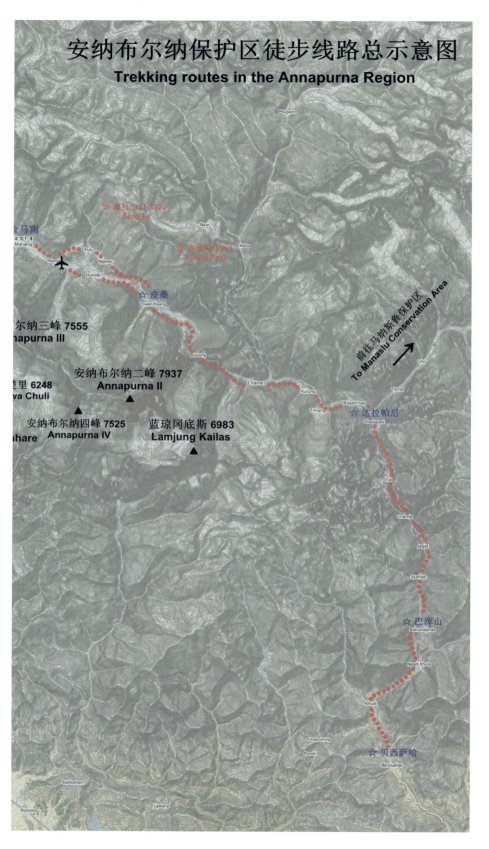

安纳布尔纳保护区徒步线路总示意图
Trekking routes in the Annapurna Region

旅行，直到另一个世界
在尼泊尔

Contents

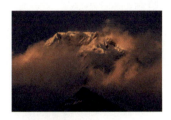

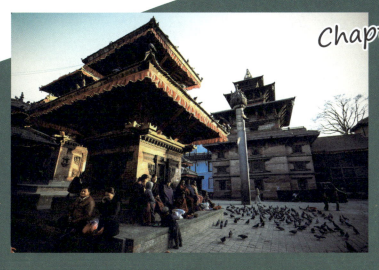

Chapter 1

众神的大地

◎ 我与山峰的缘分，始于19岁那年

安纳布尔纳大本营（Annapurna Base Camp，ABC），海拔4130米，建立在一片由冰碛堆积而成的岩石堆上，周围环抱着无数海拔6000米以上的高峰。在冬季，每天仅有几十人能经受4天的翻山越岭和10多个小时的雪地徒步来到这里。

若是以中国西部的标准来衡量，极少有哪个垭口的高度会低于4130米，安纳布尔纳大本营差不多只相当于海拔"较低"的日喀则或拉孜。然而在喜马拉雅山脉南侧，4130米不仅是个罕见的高海拔，更可以在直线不到10公里的距离内与世界排名第十位的高峰——安纳布尔纳一号峰（Annapurna I）面面相对。

为了来到这个地方，我在崇山峻岭中徒步了4天。然而从另一个角度来说，我几乎耗费了十几年的时间，才从平原市井走到了喜马拉雅众神的面前。

我出生在长江中下游平原的城市低地，与"山"几近无缘。实际上在18岁之前，我甚至从未离开过城市，对山的了解仅限于纸面。

那些风景与我的距离之遥仿似宇宙星辰，我从未认真地认为它们会与我的人生扯上关系，而弄堂、街道、菜市场、高楼大厦、热闹的城市生活，对我而言才是实实在在且习以为常的东西。

然而世事难料，参加工作后不久，我便迎来了人生道路上一个重大的转折点——参军入伍。一个城市宅男从此远走高飞，我的人生也将从此改变。

新兵连结束后，我辗转来到了一个名叫泰安的地方。泰安，即今天大名鼎鼎的山东泰山，可是对于当时从未出过远门的我而言，这只是一个完全陌生的名字。

相比于知悉一个陌生地名，真正让我震撼的事发生在第二天拂晓，当我走出前一夜在无边黑暗中抵达的营地时，随即被眼前的景象惊得目瞪口呆。

只见几座硕大无比的花岗岩山峰在距离我不到5公里的地方拔地而起，与之相比，营地的房屋就像积木一般渺小。我仰起头，望着这些金字塔形的巨大岩石，一时语塞。一个懵懂青年，第一次感受到了大自然的力量。那一年，我年满19周岁。

巨岩山峰的名字叫莲花山，因其从空中俯瞰形似一朵盛开的莲花而得名。在它的脚下生活的一年多时光中，有时我会趁着休息时间尝试徒步攀爬，沿着平缓的山坡而上，较高处是坡度相当陡峭的光滑岩壁，接近山顶时手脚并用往往难以避免。

徒走，曾是我唯一的精神寄托

　　退役后，我又回到了城市平原，但是换一种生活方式远比换一个地方生活困难得多。迟迟难以融入灯红酒绿的花花世界的我，继而开始试图在世俗生活以外的地方去寻找自己人生的价值所在——那就是徒步攀登比莲花山更高的山峰。

　　在之后漫长的一段岁月里，对于徒步登山、刷新海拔高度，我几近痴迷。在中国版图的第一、第二级阶梯上，几乎所有知名的山峰都被我徒步登了个遍，并相继完成了五岳、四大佛教名山的徒步登顶，总的海拔高度达到了几万米，单次的绝对海拔高度也从莲花山的不到千米一直刷新到五台山北台顶的3000米以上。

　　无疑，这是属于我的徒步黄金年代。

◎ 先找信仰，再寻未来

在黄金年代里，我在微薄的收入支撑下，利用最便宜的硬座火车、最廉价的招待所，甚至是逃票的方式游走在中华大地上，试图征服每一个我所知的海拔高度。事与愿违的是，在无数次以"刷存在感"为目的的一览众山小之间，我依然没有找到自己孜孜以求的理想处世之道。

相对而言，山岳始终存在，而我只是个过客。

2007年末，我在踏上峨眉山金顶的那一刻将自己徒步登山的最高海拔纪录刷新到了3079米，可这又如何？10年时光转瞬即逝，少年不再，懵懂却依然。

几个月后，我在滇西北有幸目睹了日照卡瓦格博，尽管那场面神圣得摄人心魄，可神山并不会直接告诉我该怎么做，真正给予我启示的是一个微不足道的小人物。

那是徒步雨崩、尼农峡谷的最后一天，队伍一行来到澜沧江边的西当村一户藏族人家中借宿。为了赶上回香格里拉的第一班车，清晨5点我便出发前往德钦县城，负责开车送我和几位同伴的是这户人家的男主人扎史农布。

当时的路况还很差，拂晓前的澜沧江峡谷除了微型面包车那微弱的车头大灯之外不见一丝亮光，耳边只有轮胎碾压在碎石路上的"吱呀"声。坐在副驾驶位的我一时有些心悸，不时侧过脸去，偷偷看着扎史农布全神贯注驾车的样子。

扎史农布是个浓眉大眼的康巴汉子，微型面包车那狭窄的驾驶室被他魁梧的身躯塞得满满当当，几乎是趴在方向盘上驾驶的状态。

扎史农布一直对我的偷窥毫不介意，但有一瞬间他忽然开口问："害怕吗？"

我一时不知道该如何作答，勉强挤出一丝微笑，说："不害怕。"

扎史农布似乎看透了我的强颜欢笑，嘴角微微上扬，十分吝惜地吐出两个字："没事。"自始至终，他没有正眼看过我，一直盯着那弯道一个接着一个的碎石路。

　　我觉得有些尴尬，扎史农布也不再搭话，继续埋头于黑暗中的驾驶。当我再次不安地侧过脸去偷窥他的时候，却发现他在念念有词，不知在碎碎念着什么。

　　滇西北之行是我第一次去西部旅行，的确，这没错，但我不知道他这是在干吗的真正理由并不在于初出茅庐，而是在于心无信念，我什么都不相信，也不知该往哪儿走，只是盲目地去追求一些大家都说很美好，都说有用的东西，哪怕那并不属于我。

　　扎史农布在诵经祷告——很久之后我才理解，拥有丰富精神世界的他，内心的恐惧并不亚于我，无论是否拥有信仰，我们都无法从根本上消灭诸如恐惧这样与生俱来的人性。卡瓦格博无法赐予我一剂万能灵药，但扎史农布那回荡在澜沧江上空的诵经声却让我学会了如何面对困境。

　　——先找信仰，再寻未来。如今想来，那一刻的扎史农布，真如佛祖化身，菩萨下凡。

带着敬畏之心上路

自澜沧江畔的那个清晨至今，又一个5年悄然而逝。在这段日子，我徒步旅行的重心渐渐向海拔更高的中国西部高原和喜马拉雅山区转移。

这当然并非易事，那里自然环境严酷，基础设施建设薄弱，大部分地区物质条件艰苦，旅途中各种难题会接踵而至，不仅需要付出大量的时间和高昂的费用，更要去适应与沿海地区迥然不同的社会人文环境。此外，还有无所不在、令人谈之色变的高原反应。

那为什么还要去？因为正如我在序言中所说，旅行不仅仅是茶余饭后的休闲玩乐，还与我的人生道路相得益彰，最终切实地改变了我的命运。高原冥冥中的召唤，让我觉得自己本来就属于那里，我不是去旅行，而是回家。

在如修行一样持续奔赴雪域高原期间，我不再拘泥于个人情感，而是有意识地让自己走出城市生活的思维定式，更多地去关注那些看似与自己的生活并没有直接关系的目的地本身。与此同时，我不再徒步登山，而是开始徒步转山。

登山象征着征服，而转山则代表着敬畏。世事无常，路却一直都在。面对旅途中遭遇的种种，敬畏足矣。

飞向尼泊尔，买一张机票即可成行，可于我而言，实则背后有着七上高原和几十万字的游记，而海拔高度纪录也已经刷新到5650米的极限。它属于神山冈仁波齐（Mt. Kailash，6638米）转山路上的卓玛拉山口（Dolma La），是地球上屈指可数的几个寻常人也能徒步通过的海拔超过5600米的高山垭口之一。

每次出发时，我都很难克制自己去回想一路走来的旅途，尽管曾经的艰难已经像机窗外渐行渐远的风景一般微不足道，可旅行毕竟如同一次浓缩的人生，从来不会只充满喜悦和欢乐。

在吉隆坡，我曾被飞车党劫匪袭击；在巴黎地铁，我曾被窃贼团伙围攻；在眼前飞机下方的纳木错，我曾与死神擦肩而过。人间不是天堂，总是充斥着是非，有爱有恨、善恶交织，光明与黑暗针锋相对，各种力量相互碰撞，这才是真实的世界，好比一枚硬币有正面有反面，才是完整的。

无论是旅行还是世俗生活，感性终将回归理性，或早或晚，直到这种理性在未来的旅途和经历中被另一种感性打破。

但这一切的前提是，你需要怀着一份试图体验从未尝试过的新事物的热情，以及带着一颗对于不同生活的敬畏之心上路。

飞越喜马拉雅

而此时此刻，无论我是否准备好，这条可能是世界上穿越平均海拔最高的航线，在降落加德满都机场之前的30分钟终究迎来了激动人心的时刻。一路往西经过日喀则之后，飞机会转向南飞行，经朋曲河谷切开的陈塘沟跨越边境进入尼泊尔境内。

在飞临陈塘沟上空的时候，可以看到东西走向的喜马拉雅山脉的纵深画面，马卡鲁峰、洛子峰、珠穆朗玛峰、卓奥友峰这四座8000米级高山领衔无数雪峰由近至远排成一字长蛇阵，飞机从马卡鲁峰的东侧擦肩而过，直线距离仅30公里左右。

30公里对于时速在800公里以上的民航客机而言也就是一脚油门的事，此外，由于高原稀薄的氧气导致发动机动力下降，飞机无法拉升到普通民航能达到的万米以上的高空，因此这一刻我们与这些巨峰几乎是一个面面相对的平视视角。

飞往加德满都的航班选择并不算少，而我之所以选择中国国航的这趟航班，完全就是因为它是全世界唯一——趟飞行此条巅峰之路的航班，只有它在同一次飞行中跨越喜马拉雅山脉南北两侧截然不同的地理风貌。在山脉的北侧，是放眼无绿、一望无际的冬季青藏高原，而南侧是山高堑深、满目苍翠的河谷盆地，它们之间是绵延到天际、毫无征兆般拔地而起的万千峰林。

在这种强烈的视觉落差下，我隐约可以想象出印度洋板块向欧亚大陆俯冲挤压的那种痛楚感，也正是由于这种痛楚，才造就了这道被称为"世界屋脊"的冰雪之乡。

无论从哪个方面来看，尼泊尔都只是南亚次大陆地区的弹丸小国，却因坐拥平均海拔超过6000米的喜马拉雅山脉中最精华的部分而成为世界上高山自然资源最丰富的国家。

尽管横贯整个青藏高原南部边缘的喜马拉雅山脉绵延2400公里以上，但其平均海拔最高的几大核心区域均位于尼泊尔境内，或由尼泊尔与邻国分享，所以尼泊尔所拥有的高山的数量和质量是世界上其他国家所望尘莫及的。

我曾经前往同样有"高山王国"美誉的瑞士旅行，地处中欧腹地的弹丸小国瑞士拥有阿尔卑斯山脉平均海拔最高的部分，可即便是被欧洲人视为骄傲的少女峰（Jungfrau）区域，或者是南部瓦莱州的马特峰（Matterhorn）区域，其平均海拔也仅仅是喜马拉雅山脉打个对折，仅从景观的视觉效果和震撼程度上看，无疑是要比尼泊尔逊色太多了。

目前，地球上共有14座海拔超过8000米的独立山峰，全部位于亚洲的青藏高原周边，其中有5座属于中国与巴基斯坦交界处的喀喇昆仑山脉，另外9座属于喜马拉雅山脉。通过下面这张简单的表格我们一目了然，除了位置相对偏僻、完全属于巴基斯坦的南迦帕尔巴特峰（Nanga Parbat，8126m，No.9），喜马拉雅山脉其余8座8000米级的独立山峰全部或者部分坐落于尼泊尔境内。

与尼泊尔相关的喜马拉雅山脉8000米级独立高峰列表

山峰名称	独立山峰排名	海拔高度	地理位置	登顶人数（至2012年）	登山死亡率	主要观看位置
珠穆朗玛峰（Mount Everest）	1	0010.10米	中国/尼泊尔	5000人	4%	卡拉·帕塔尔（Kala Pathar，5546米）珠峰北坡大本营（Qomolangma Base Camp，5200米）旁拉山口（Pang La，5205米）定日县岗嘎镇附近
干城章嘉峰（Kangchenjunga）	3	8586米	尼泊尔/印度	286人	15%	昆巴卡纳冰川末梢（Khambachen，4145米）
洛子峰（Lhotse）	4	8516米	中国/尼泊尔	461人	3%	朱孔日（Chhukhung Ri，5546米）
马卡鲁峰（Makalu）	5	8463米	中国/尼泊尔	661人	10%	卡拉·帕塔尔（Kala Pathar，5545米）戈克尤峰（Gokyo Ri，5360米）朱孔日（Chukhung Ri，5546米）
卓奥友峰（Cho Oyu）	6	8201米	中国/尼泊尔	3138人	1%	戈克尤峰（Gokyo Ri，5360米）旁拉山口（Pang La，5205米）定日县岗嘎镇附近

（续上表）

山峰名称	独立山峰排名	海拔高度	地理位置	登顶人数（至2012年）	登山死亡率	主要观看位置
道拉吉里峰（Dhaulagiri）	7	8167米	尼泊尔	448人	16%	布恩山（Poon Hill, 3210米）
马纳斯鲁峰（Manaslu）	8	8163米	尼泊尔	661人	10%	皮桑峰（Pisang Peak, 6091米）布迪甘达基河谷沿线（Budhi Gandaki Nadi）
安纳布尔纳峰（Annapurna）	10	8091米	尼泊尔	191人	32%	萨朗科（Sarangkot, 1600米）安纳布尔纳大本营（Annapurna Base Camp, 4130米）布恩山（Poon Hill, 3210米）康拉山口（Kang La, 5322米）

　　可以说，大部分不远万里到尼泊尔旅行的游客，很大程度上就是冲着这些世界上最雄伟的山峰而来。喜马拉雅山脉北坡是平均海拔4000米以上、荒芜贫瘠的西藏高原，并不适合人类居住。而南坡得益于地形在较短距离内的极大起伏，诸如加德满都、博卡拉这样较大的城市都建在山脚下的低地或盆地，气候湿润、四季如春，为空中活动提供了得天独厚的有利条件。除了每天忙碌穿梭在各个城镇之间的支线航班，喜马拉雅观光飞行作为一种常规的活动项目，在尼泊尔中北部靠近喜马拉雅山脉的各个地方都有展开。

　　观光飞行使用的都是诸如"喷流式"（Jet Stream）飞机这种小型客机，为了近距离观赏喜马拉雅山脉的景色，航线会飞到距离主脉较近的位置。不过以地球之巅的脾气而言，天气状况极为多变，因此观光飞行难免会面临一定程度的危险性，机票的价格也会相当昂贵。

　　相比之下，我乘坐的这趟航班与珠峰观光飞行的线路有所重合，在飞机进入尼泊尔上空之后、降落加德满都机场之前，我们差不多有20分钟的时间可以好好端详这片世界上最高土地。

　　在观光飞行或者中国国航降落加德满都机场之前，我们都可以近距离一睹以下这些神山的风采。

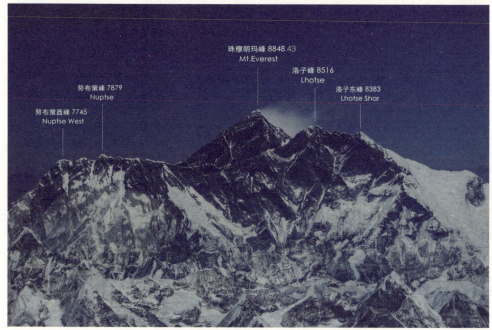

珠穆朗玛峰 8848.43
Mt.Everest

洛子峰 8516
Lhotse

努布策峰 7879
Nuptse

洛子东峰 8383
Lhotse Shar

努布策西峰 7745
Nuptse West

（上图）从航班上远眺珠穆朗玛峰与洛子峰的南坡

（下图）从中国西藏定日县岗嘎镇附近看到的珠峰，形似金字塔

珠穆朗玛峰

作为家喻户晓的世界第一高峰，珠峰坐落在喜马拉雅山脉中段、中国与尼泊尔的边境线上，其南坡属于尼泊尔两大世界自然遗产之———萨加玛塔国家公园，北坡则属于中国西藏自治区的定日县。"萨加玛塔（Sagarmatha）"是珠峰的尼泊尔语名称，意为"宇宙之母（Mother of the universe）"。眼下，尼泊尔年轻一代深受西方文化影响，珠峰的英语名称"Everest"已经取代"萨加玛塔"而被广泛接受和应用。

关于珠穆朗玛峰的海拔高度一度存在争议，2005年中国官方重新测量的珠峰高度为8844.43米，之前国际上公认的数据是8848米。为何存在这样的差异？原因很简单，8844.43米的高度指的是珠峰顶岩石的高度，并未将峰顶大约3.5米的积雪厚度计算在内。所以，无论哪一种高度，区别只在于计算方法的不同，可以说都是准确的。

洛子峰

"洛子（Lhotse）"是藏语，翻译过来就是"南峰"。实际上，洛子峰与珠峰之间直线距离仅有3公里之遥，而且两者之间有山脊相连，最低点的南坳海拔也有7900米，把它看作是一座独立山峰实际上非常勉强。国际通行的标准是，海拔高程大于300米就算是独立山峰，但这样的标准似乎并不太适用于喜马拉雅地区。

洛子峰最引人注目的就是其海拔落差达到3000米以上的南壁（South Face），它与安纳布尔纳峰的南壁类似，都是世所罕见的绝壁，极少有人能通过南壁线路徒步登顶成功，即便对于顶尖登山家而言也是地球上难度最高的攀登线路。

马卡鲁峰

虽为世界排名第五的独立高峰，却因距离珠峰仅20公里而长期被世界之巅的光芒所掩盖。"马卡鲁"在藏语中的意思是黑色巨峰（Great Black），以形容它那在强风之下呈裸露状态的黑色山岩。中国国航飞往加德满都的航线，会在飞越中尼国境时从马卡鲁峰东侧仅几十公里的地方擦肩而过。

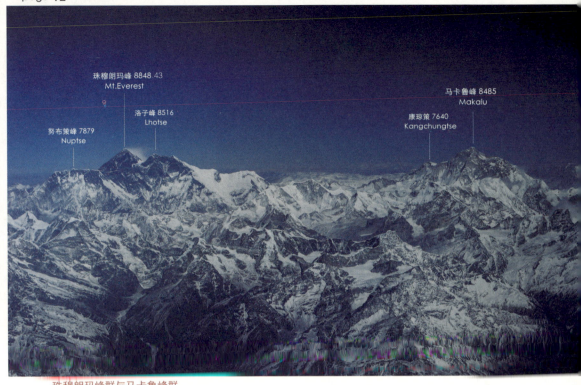

珠穆朗玛峰 8848.43
Mt.Everest

马卡鲁峰 8485
Makalu

洛子峰 8516
Lhotse

康琼策 7640
Kangchungtse

努布策峰 7879
Nuptse

珠穆朗玛峰群与马卡鲁峰群

格重康峰

　　这座海拔高达7952米、名不见经传的山峰其实大有来头，是除了14座8000米级独立山峰（Eight Thousanders）之外，8000米以下海拔最高的独立山峰，可谓14峰之下，万峰之上。人们经常以讹传讹地将世界第15的宝座归给南迦巴瓦峰（7782米）或者贡嘎山（7556米），而实际上它们的排名都在20名开外。

　　格重康峰的山脊与卓奥友峰相连，并不太容易辨认。在中国西藏的老定日附近较为开阔的加布拉冰川冲积扇上，以及尼泊尔一侧萨加玛塔国家公园的戈克尤峰（Gokyo Ri）都可以看到它和卓奥友峰双子星般的身影。

卓奥友峰

　　关于这座山峰，最有意思的是一则传说故事。话说卓奥友峰觊觎第三女神（"珠穆朗玛"的藏语意思）的美貌而试图求交往，不料第三女神钟情于东边的马卡鲁。卓奥友得知后十分愤怒地别过头去，因此，它的山头朝西，背对珠峰。

（上图）卓奥友峰与格重康峰的南坡，它们共同发源的格重巴冰川长达20公里以上

（下图）中国西藏自治区定日县的岗嘎镇附近是观看卓奥友峰与格重康峰北坡的最佳位置

实际上，"卓奥友"在藏语中的意思是"秃头之神"，非常男性化的叫法，可能是用来形容它面积巨大且较为平缓的山顶。与格重康峰一样，在西藏的老定日附近和南侧戈克尤峰都可以看到它的全貌。由于登山难度较低，它也是登山家挑战8000米级以上高峰的入门级训练的常规去处，其登山死亡率也是8000米级山峰中最低的，称其为"慈悲之神"似乎更为贴切。

朗当峰 7205
Langtang Ri

波隆日 7292
Porong Ri

希夏邦马峰 8027
Shisha Pangma

摩拉门青峰 7661
Phola Gangchen

多尔曹拉克帕 6966
Dorje Lakpa

希夏邦马峰群雪峰阵容庞大，是喜马拉雅山脉中最大的冰川作用中心之一

希夏邦马峰

这座颇具女性化色彩的山峰，无论其古名"高僧赞峰"还是现名"希夏邦马峰"，都显得冷傲无比。前者的意思是"神之宝座"，后者如果用大白话来说，就是"什么都活不了"。这位冷酷无情的女神还有三项纪录—— 唯一一座完全坐落于中国西藏境内、海拔最低，且是最后一座被人类攀登成功的8000米级山峰。

由于地处悼木沟、吉隆沟这两条喜马拉雅山脉重要的水汽通道之间，希夏邦马峰及其庞大的卫峰群成为一个巨大的冰川作用中心。由于希夏邦马峰几乎就在加德满都的正北面，因此在飞机降落之前看到的最后一列雪峰便是希夏邦马峰群。此外，在318国道到达樟木口岸之前的最后一个山口——通拉山口，也是近距离接触希夏邦马峰的绝佳地点。

象头神峰群

如果说格重康峰是默默无闻，那么知道象头神峰群（Ganesh Himal）的人可能就是万里挑一。象头神峰群位于希夏邦马峰群的西侧，是一组7000米级的雪山群，与之前我们提到过的大多数山峰一样，象头神峰群也是中国与尼泊尔的界山，其北面就是中国西藏的吉隆县。不过要想看到这组山峰，只有在往返于加德满都与博卡拉之间的支线航班上，或者加德满都的国际航班起降时的片刻才有机会。

象头神键尼萨是印度教中三主神之一湿婆（Shiva）的儿子，他的头并非天生就是大象的模样，而是被他的父亲砍掉后换上的，这是印度教神话中相当有意思的一个桥段。

话说湿婆神由于醉心修行而常常离家远行，他的老婆雪山女神帕尔瓦蒂为了防止有人在她沐浴时闯入，于是用净身用的黏土姜黄制作出一个小男孩并赋予他生命，嘱咐他

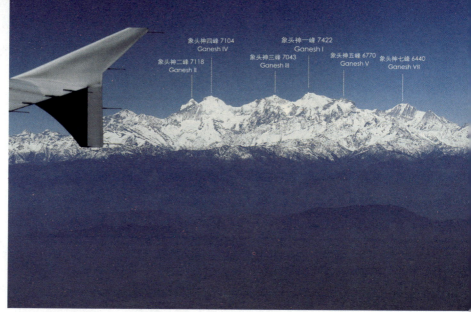

象头神四峰 7104
Ganesh IV

象头神二峰 7118
Ganesh II

象头神一峰 7422
Ganesh I

象头神三峰 7043
Ganesh III

象头神五峰 6770
Ganesh V

象头神七峰 6440
Ganesh VII

象头神峰群名不见经传，却也颇有故事可言

在其沐浴的时候把守大门，不让任何人入内。

许多年后湿婆修行归来，看到一个年轻男子站在自己家门口，还不让他进去，不禁疑心大起，一语不合便拔刀相向。这初出茅庐的年轻男子哪里是神通广大的湿婆的对手，一个照面就被湿婆的三叉戟砍飞了脑袋。

沐浴完毕的帕尔瓦蒂发现自己的儿子竟然为丈夫所害，自然是愤怒了，随即要求湿婆将儿子救回来。自知闯了大祸的湿婆大神是个惧内的主，闻言不敢怠慢，立刻跑去向创造神梵天求助。梵天说只有一个办法，你这一路走出去，见到的第一个头朝北方的动物，你就用它的脑袋去替代你儿子的。

之后的结果自不必多说，之所以把大象的脑袋安装了上去，是因为湿婆出门看到的第一个头朝北方的动物是帝释天的坐骑神象。作为一名标准的神二代，复活后的象头神由于象征着智慧和好运，成为信奉印度教的印度、尼泊尔普通民众非常喜爱的一位神祇。他不像三主神那样难以接近，憨态可掬的外表显得十分亲民，即便在市井之间也可以看到被普遍供奉。

马纳斯鲁峰

这是8000米级山峰中并不太被关注的一座高峰，位于尼泊尔中西部赫赫有名的廓尔喀地区，与安纳布尔纳峰群是邻居，两者间的直线距离仅35公里，山下的徒步线路也有一部分是重合在一起的。它们都是完全坐落在尼泊尔境内的8000米级高峰，安纳布尔纳峰因"杀手之王"的名号而蜚声海外，相比之下，马纳斯鲁峰并没什么特别突出的地

马纳斯鲁峰 8163
Manaslu

雅迪楚里 7871
Ngadi Chuli

喜马楚里 7893
Himal Chuli

喜马尔楚里西峰 7540
Himal Chuli West

喜马尔楚里北峰 7371
Himal Chuli North

佛陀峰 6672
Boudha

马纳斯鲁峰群位于廓尔喀北侧，地理位置闭塞，交通较为不便，几乎没有中国游客前往徒步旅行

方，知名度不高也是在情理之中了。

　　在往返于加德满都与博卡拉之间的支线航空上，可以非常清晰地看到马纳斯鲁峰群中最主要的三座高峰：喜马楚里峰、雅迪楚里峰和马纳斯鲁峰。"马纳斯鲁"之名源自梵文，意为"精灵之山（Mountain of the spirit）"。

干城章嘉峰

　　把海拔高度位于探花位置的干城章嘉峰放在最后介绍，是因为这次旅行中我并没有看到它的身影，但从理论上讲是可以看到的。唯一的机会就是在乘坐国航航班前往加德满都时选择左侧靠窗的位置（返程右侧），在飞越国境前后的20分钟内，只要天气晴好应该就能看到，最近的直线距离大约是70公里。

　　但在飞往加德满都的途中能看到的大部分景观都集中在飞机右侧，仅为了一个干城章嘉峰而放弃右侧的众多神山似乎有点"捡了芝麻丢了西瓜"的意思。

　　解决方案有两个，若你与伙伴一同乘飞机前往，则一个人选择右侧窗口位置，另一个人选择左侧靠窗位置；若你是独行，那么可以选择往返时都坐在同一侧，如此便可将两侧的风景都看全——当然，这需要往返时天气状况都良好，另外就是你有好运气，能订到这些非常紧俏的窗口座位机票。

　　干城章嘉峰位于尼泊尔国境最东端、与印度锡金邦接壤的边界线上，地理环境十分闭塞，即使只是到它脚下去瞻仰一眼都是极为费时费力的事，国际航班、支线航班、转车、徒步一个都不能少。若你对亲自到山脚下去瞻仰并不太执著，那么在海拔近万米的高空远远眺望一眼或许是更好的选择。

观光飞行航拍指南

我们说摄影不外乎三要素：天时、地利、人和。

天时

说白了就是邂逅一个好天气，这是航拍的必要条件。至于是万里无云还是雾锁重山，这个基本上没有什么规律可循，有时天天去盯着天气预报摸索气候变化规律，其效果未必就比只带着一颗虔诚心上路要好。在尼泊尔，每年11月至次年4月的旱季邂逅好天气的几率会稍稍高一点，但是任何时候都不要忘记，对于这片众神林立的区域而言，没有什么是绝对的。

地利

天时指的是合适的时间，地利则是指你得出现在合适的地方。国航航班的时间基本是固定的，只需要选择一个右侧靠窗的座位，因为大部分景观都集中在右侧。若是能预订到一左一右两个靠窗座位，那就更是锦上添花。尼泊尔国内的观光飞行灵活性比较高，可以根据天气状况伺机而动。在加德满都和博卡拉，几乎每个旅行社都会提供观光飞行的预订服务。

人和

在合适的时间出现在合适的地方，接下去就看自己怎么按下快门了。航拍并不是什么技术含量很高的事，具体而言，只需要做好器材和拍摄方法这两方面的简单准备。

器材

目前市面上能够买到的单反相机都可以胜任，焦距在50mm左右的镜头足以应付一些宏大的场景。如果你想拍摄一些山峰的特写，还需要额外准备一个最大焦距至少在100mm以上的镜头，而强调景观细节的话则焦距需要200mm以上。值得注意的是，非全画幅相机会有1.5~1.6倍不等的焦距转换系数，使用此类相机的朋友一定要记得换算焦距值。

不要忘记带上一块与镜头口径尺寸匹配的偏振镜（CPL），它可是消除白雪皑皑的山峰上反射光的利器，能让相机的曝光计算功能在山峰积雪强烈的反射光下不至于受

马卡鲁峰 8485
Makalu

洛子峰 8516
Lhotse

珠穆朗玛峰 8848.43
Mt.Everest

格重康峰 7952
Gyachung Kang

卓木隆佐峰 7790
Chomo Lonzo

航班飞越中尼国境时，在有侧舷窗可以看到如天神下凡一般的喜马拉雅山脉，"世界屋脊"的美誉可谓当之无愧

到欺骗。另外，如果你只拥有一台微单甚至是手机，也能拍出一些不错的照片分享给朋友，但若要进行一些后期调整或者裁减构图的工作，就会显得有些力不从心了。

拍摄方法

将照片的清晰度放在首位考虑是毫无疑问的，故此建议使用单反相机的朋友选取TV档，将快门速度保持在安全快门值的2倍以上。因为在人体肉眼的观感上，飞机的移动十分缓慢，但相对于被拍摄的山峰，实际上飞机始终是处于高速移动状态的，要保证在移动中能将景观定格，就必须拥有较快的快门速度。

所谓安全快门值，通常是当前焦距的倒数。例如，当前焦距是50mm，那么安全快门值就是1/50秒，不过这仅仅是理论上的数字。以我个人的经验而言，在天气状况良好的情况下拍摄喜马拉雅山脉，在航拍中保持光圈F8、快门1/400秒、感光度100的快门组合是比较理想的。

在实际应用中，如果采用焦距较短的标准镜头拍摄，则可以适当提高光圈值至11甚至16；焦距在200mm以上的长焦镜头一般比较重，在飞机受气流影响而颠簸的时候极易抖动，此时就需要进一步提高快门速度，必要时可以提高一些感光度，或者使用相机的连拍功能来提高成功率。

Chapter 2
另一个世界，加德满都

◎ 成功的执念

　　萨克塞斯（Success）是我此行第一个深度接触的尼泊尔人，他是加德满都泰米尔区一家客栈的老板。出发前我在寻找加德满都落脚点的时候很随机地预订了他所经营的客栈房间，并曾与他通过邮件联络数次。根据书面的说话口气，我先入为主地认为这会是一位为人敦厚的中年大叔，直到在特里布万机场外的初次见面，才知道这是一位不过20岁出头的年轻人。

　　从种族上来看，肤色黝黑、眉高目深，并在加德满都谷地拥有产业的萨克塞斯或许属于比较高级的巴浑族或沙提族，他们都是印度教中社会地位较高的种姓，前者代表婆罗门祭司，后者则是刹帝利勇士。

　　与大多数穿着随意甚至有点凌乱的尼泊尔人不同，他几乎每天都穿着那一身看上去很廉价，而且显得不太合身的西装，说话和走路的节奏甚至比山上的背夫更为迟缓，总是一副不紧不慢的样子，给人一种在当地很少见的知识分子或者商务人士的印象。实际上，萨克塞斯的英语尽管带着浓重的南亚口音，但是在尼泊尔人中倒真可以算得上伶牙俐齿的了。

　　他的客栈位于加德满都的洋人街——泰米尔区一条不太起眼的小巷里。所谓洋人街，是东南亚、南亚许多有西方殖民历史的城市拥有的独特现象。东方人的农耕文明将他们牢牢锁在自己的土地上，而西方人的血液里则流淌着迁徙的基因，在殖民期间一些西方旅行者来到这些亚洲城市，并在这些城市中的特定区域聚集生活，久而久之便发展成了今天作为背包客聚集地的洋人街。例如胡志明市的范五老街（Pham Ngu Lao）、暹粒的老市场（Old Market Area）、曼谷的考山路（Khao San Road）、巴厘岛的库塔（Kuta）都是这类洋人街的个中典型。

　　入住客栈后，按照东南亚及南亚国家的惯例，都要先接受欢迎茶（Welcome Tea）的款待。悠闲地喝茶当然不是目的，更像是一种糖衣炮弹，酒店或客栈的工作人员通常会在此时向客人介绍入住的规则以及关于周边环境的信息，重头戏则是向客人推销一些由他们代理的旅游服务项目。有些不太愿意自己费神去折腾的游客会顺水推舟地接受这些服务条款，这种懒惰相应的代价就是付出比市场价更高的费用。

　　这跟去4S店买汽车一样，商家在汽车本身上赚到的利润一般十分有限，而跟随车辆一同落地的保险费、代理费，以及后续的保养、维修费用才是盈利的关键所在。如今加德满都和博卡拉的不少私人酒店和客栈也是采取这样的营销模式，即以低廉的房费吸引游客入住，然后设法说服他们购买自己提供的服务项目。

年轻的萨克塞斯先生显然对此轻车熟路，在欢迎茶会上没花多少时间，就把我那三位不准备上山徒步的朋友在尼泊尔的游览活动安排妥当——博卡拉、奇旺国家公园、纳嘉科特、巴克塔普尔，一段看上去轻松惬意且值得期待的行程安排跃然纸上。我甚至觉得，相比于花花绿绿的美元，萨克塞斯先生更看重的是谈成一笔生意带给他的成就感。

作为一个纯粹的尼泊尔商人，"萨克塞斯"当然不会是他的真名，而是他为自己取的一个英文名字，在我们看来似乎有些过于直白，直截了当地表现出这个尼泊尔85后的远大理想。我不知道萨克塞斯是否像他声称的那样拥有庞大的产业，但是从他日常的行为举止来看，他无疑已经将自己与成功人士画上了等号。

萨克塞斯告诉我，他在加德满都、博卡拉、奇旺等地拥有3家公司、5家客栈，并准备进一步扩张，每周要接300个电话以处理各种旅游业务。仅电话费上的开支，每个月就要花费折合人民币几百块钱，这对于人均年收入仅240美元的尼泊尔人而言简直是个天文数字。我相信在这件事上他并没有形容得过分夸张，至少在我见到他的时间里，萨克塞斯不是在接那似乎永不停歇的电话，就是在昏暗的白炽灯下对着一堆账单疯狂地摆弄计算器。

由于我的行程以徒步为主，与萨克塞斯的接触不过是点到为止。从事后我的朋友Rosa一行的反馈信息来看，或许萨克塞斯将过多的精力放在了招徕生意和讨价还价上，而忽视了服务设施的维护和质量，提供的报价则要比市场平均水平高出一倍。不用说，其结果就是我可怜的朋友们在离开奇旺、回到加都后，就忍无可忍地与这位成功人士解除了合同。

但是无论我们如何指责萨克塞斯的不厚道宰客行为，仅就他愿意在客户不满意的情况下解除合同并退还钱款这一点而言，我觉得他并非完全没有可取之处，并非那种为了赚钱而不择手段的人。

俗话说："强龙难压地头蛇"。身为一个外国游客，在尼泊尔所签订的任何协议或合约，一旦出现纠纷可谓投诉无门，并没有什么实际意义上的权利保障。如果对方撕破脸皮不退还你钱款，你又能奈他何？即便在网络上曝光，对于对方来说也只是换个抬头的事情。

尽管我可怜的朋友们对他的表现评价恶劣，但在尼泊尔当前的社会环境下，萨克塞斯的行为其实可以理解。

与大部分穷困潦倒的尼泊尔人相比，身为社会地位较高的种族、有房有车有产业、手下还有小弟的萨克塞斯实际上已经可以算是成功人士，他会熟练运用电子商务，掌握相对流利的英语和一定的企业管理能力，并很有先见之明地在几个热门旅游目的地建立了关系网，还具备现代商业文明中的契约精神，在方兴未艾的尼泊尔旅游中可谓占足了先机，是新一代尼泊尔年轻人中起点非常高的那一类。

我相信在不远的将来，这个国家的旅游业在竞争力度上会日趋激烈，游客对住宿、交通、旅行品质这些硬件要求也会越来越高。萨克塞斯若只是为了抢占先机而盲目扩张，为了短期利益而延续上述那种不明智的举动，硬件设施和服务水平依然原地踏步的话，或许离他孜孜以求、念念不忘的所谓成功，恐怕只会越来越远。

加德满都市中心的通迪凯尔广场上总是聚集着大量的政治集会人群

 动荡的城市

    坐在一辆破旧得几乎是从垃圾场里拖出来的出租车上，我们挣扎着试图逃脱泰米尔区仿似无穷无尽的大街小巷的包围。

    泰米尔区位于加德满都的西北角，是一片由十几条大小街道组成的复杂街区，酒店、客栈、旅行社、各类商铺是它的内容，嘈杂、拥挤、破旧、琳琅满目是它的性格。不同国籍、肤色、种族的旅行者们通常会把这里作为进入尼泊尔的第一个落脚点，他们在此休整、聚集、筹划行程，然后奔赴各自的目的地。

    或许对于西方人而言，这里的热闹乃至于吵闹会让他们颇感新奇且为之振奋，但对于我们这种来自一个超级人口大国、天天在人堆里爬进爬出的旅行者来说却是一种难言的痛苦——刚刚逃离了一个人山人海的城市牢笼，又来到了一个噪音似乎永远不会休止的神奇国度。

我们的目的地并非是任何景点，而是位于加德满都市区中心地带的安纳布尔纳保护区办公室（Annapurna Conservation Area Project，ACAP），在那里我将获得尼泊尔官方提供的徒步许可证以及徒步者信息管理卡（Trekker's Information Management System，TIMS）。

办理这两份通行证是进入安纳布尔纳保护区的必要手续，保护区的工作人员将会把进山徒步的游客信息记录在案，以便统计游客人数，以及在发生突发事件时提供相应的帮助和救援。办理通行证的费用就相当于门票的收入，尼泊尔官方会在扣除成本开支后，将剩下的钱用于保护区自然环境以及旅游设施的维护。

办证的尼泊尔大叔公事公办，铁面无私地要求必纳本人到场签字画押，让我在高兴为另外5位还没到达的队友代办的希望落空的同时，又对这些似山的美元能够切实用到保护喜马拉雅山脉、改善原住民生活上充满了信心。而客观数据似乎也在印证尼泊尔政府机构廉洁水平的不断提高。根据监察贪污腐败现象的国际性非政府组织"透明国际"的报告，尼泊尔政府的廉洁指数在近年来正呈逐步改善的趋势。

这种微妙的变化源自尼泊尔国家体制在2008年所经历的翻天覆地般的转型。从本质上说，尼泊尔的历史进程与世界上其他国家并没有太大区别。早期是小型部落和独立城邦，然后出现一位伟大的君主依靠强大的武力实现封建帝国的霸业。

强力君王的独裁统治固然会为国家带来短暂的繁荣，但人的寿命毕竟是有限的，当这些主角光芒过于强烈的君主去世，那些能力与前辈相去甚远的继任者接班之后，帝国的光辉会不可避免地快速黯淡乃至走向衰落。

这种历史轨迹很容易让我们联想起诸如吴哥王朝这样曾经在世界的舞台上辉煌一时的角色。正如在遥远的古代出生在这个国家的佛祖释迦牟尼所说的那般，诸行无常，盛者必衰，尼泊尔历史上两大盛极一时的王朝——马拉王朝和沙阿王朝，都没有逃脱他们的祖先所阐明的规律（参见附录1）。

通常来说，一个采取中央集权体制的封建帝国，其内部本身很难产生行之有效的自我纠错机制，这是由封建帝王无监督、无问责的权力无限化所决定的，与谁坐上王位并无太大的关系。因此，真正改变尼泊尔历史进程的力量依然来自外部。

19世纪初，早已将印度牢牢掌握在手的大英帝国出于对中国西藏的觊觎开始向北扩张，在他们的势力范围延伸至喜马拉雅山脉之时，遇到了处于鼎盛时期、意欲向南扩张的廓尔喀王国，此时以廓尔喀人为核心的沙阿王朝兵强马壮、实力雄厚，控制范围几乎涵盖了整个喜马拉雅山脉的南坡，与英国人的交手看上去已经是板上钉钉的事了。

经过两年的鏖战，英国人尽管依靠强大的国力赢得了战争的胜利，实战中却在骁勇善战的廓尔喀战士身上吃尽了苦头。殖民者们意识到，这样一个山地战斗民族是很难被彻底征服的，但这个位于印度与中国两个超级大国之间缓冲地带的国家，包括勇猛的士兵在内，实在有太多值得利用的东西了。于是，他们采用了一种与传统的殖民截然不同的方式——驻扎监视。

尼泊尔是亚洲少数几个未被西方人完全殖民的国家之一，这至今依然是尼泊尔人骄傲的资本。究其原因，不仅在于他们在战场上让对手闻风丧胆，更重要的是，英国人真正的战略意图是在喜马拉雅北坡的中国西藏，在地势险恶的山区与一个战斗力颇强的国家作过多的纠缠并没有太大的价值。

最终，英国在这里以监管者的身份待了下来，还将尼泊尔当作向中国西藏渗透的后勤基地。尽管在不久的将来，英军入侵给西藏人民带来了深重的灾难，可是对于尼泊尔人来讲，这客观上让这个喜马拉雅山脉脚下的弹丸之地千百年来首次接触到除印度与中国之外的世界，并很幸运地与西方工业革命的前端接上了轨。

实际上，对于外来的不同事物和文明，尼泊尔人的态度一直较为宽容。一方面是因为尼泊尔如今已然式微的佛教文化残留的影响，另一方面是此处自古以来就是西藏地区与印度平原之间商业贸易的必经之路。

加德满都山谷历来是商贾云集之地，印度商人在冬季跨过相对不那么闷热潮湿的平原低地，然后在加德满都等待夏季山口积雪融化后进入中国西藏经商，西藏马帮则会反之。各种势力和力量长期在此交错。换言之，尼泊尔人对于来来往往的三教九流早已习以为常，并不是没有见过世面。

"二战"结束之后，随着缓缓落下的"冷战"铁幕，各国开始在战场之外的地方比拼实力，喜马拉雅登山活动迎来了阿尔卑斯时代之后又一个无比辉煌的黄金年代。大批登山队携带着当时最为先进的装备，不远万里来到拥有多座8000米级以上高峰的尼泊尔，试图率先登顶以为自己的祖国增光添彩。

在ACAP的办公室对面，便是加德满都市中心的通迪凯尔广场（Tundikhel），在这片区域你会惊奇地发现，在这个内陆小国竟有那么多对政治活动感兴趣的人。迎面而来的游行队伍中，人们表情严肃、眼神坚毅，与泰米尔区那些忙于招徕顾客的商贩有天壤之别。他们手中的旗帜和服饰上随处可见印有镰刀锤子的标记，就是尼泊尔最负盛名的党派——尼泊尔联合共产党。

在城市的大街小巷随处可见刻有镰刀锤子徽章的尼泊尔联合共产党标识

信仰的背面

　　这里所说的宗教，指的当然是在尼泊尔占压倒性优势地位的印度教，有80%以上的尼泊尔人自称为印度教徒。不过，若仔细观察却也不难发现，印度教在尼泊尔的状况与在印度还是有相当程度的差别的。

　　导致这种差别的主要原因，不外乎是特殊的地理环境带来的影响，这种影响又可以分为内部和外部两个方面。从内部来说，横贯尼泊尔北部的喜马拉雅山脉几乎对这一地区的地形地貌、气候条件起到了决定性的作用，较南部温暖湿润、物产丰富的恒河平原而言，大都为崇山峻岭所占据的尼泊尔的自然环境更为恶劣。在这个前提下，人与人之间、人与自然之间的相互依存度必然更高。

　　从外部来说，尼泊尔处于中国西藏与南亚次大陆之间的缓冲地带，是两地相互通商的必经之地，自古以来就是商贾聚集、文化碰撞以及三教九流的汇聚之地。做生意当然要讲究公平交易，用通俗的话说就是认钱不认人。这样一来，无论是内部环境还是外部环境，都使得印度教的核心价值观——种姓制度、社会等级制度在尼泊尔受到了相当大的客观限制。

　　居住在山区的尼泊尔人需要在严苛的自然环境下与自然界和谐相处，生活在谷地盆地的尼泊尔人需要在竞争激烈的商业活动中遵从契约精神，这些客观现实不仅使得印度教中人为划分社会等级的观念缺乏更多的生存空间，也在很大程度上让崇尚万物有灵、众生平等的佛教倡导的一些观念广泛地为尼泊尔人所接受，至少是不排斥。

　　因此我们可以看到，当佛教在印度几经兴衰，最终在伊斯兰教进入之后几乎消失殆尽的同时，在尼泊尔数千年的历史中，印度教与佛教却是相安无事，不仅从未有过宗教冲突的记录，反而以一种复杂的形式交织、交融在了一起。这种局面有点类似于藏传佛教与苯教的自然融合。或许，它们从来都是殊途同归的。

　　不过，如此复杂的宗教信仰构成在维持社会活动和谐运转的同时，也会对具体个人的人格产生一些微妙的影响。即便资本主义与快餐文化的强力冲击使得少数如萨克塞斯那般的尼泊尔年轻人一触即溃，但大多数人依然抱着有限接受的暧昧态度。在尼泊尔，你会在很多人，尤其是年轻人身上看到东西方文化的剧烈碰撞，以至于在同一个人身上会兼具一些看似极为矛盾的元素。

司机小哥很好地诠释了何谓举头三尺有神明

例如载我们去博大哈佛塔（Buddha Tower）和帕斯帕提那神庙（Pashupatinath）的司机，与萨克塞斯大约是同一年龄层次，也同一种族，是一位相貌英俊，穿着牛仔裤和皮夹克，看上去相当时髦的青年，不过我在他身上感受到的东西与萨克塞斯完全不同。

这种感觉很难用语言解释，当我绕着大佛塔转完第三圈回到佛眼前时，看到他正在高台上专注地喂鸽子，专注到有人在如此近的距离给他拍照都没有发觉。

我怕临与物有关，是因为在一些喧闹的场合，我能感觉到人或事物所散发的强大气场。在我按下快门的那一刻，这个打扮得如同美国西部牛仔一样的青年散发出一种与他的穿着截然不同、难以言表的气定神闲，仿似神佛附体一般。此情此景让我想起了澜沧江边的那个清晨，坐在我身边专注驾驶的扎史农布，若要讲他们之间有什么相同之处，或许除了都会开车之外，他们都是有信仰的人。

之后在我们游览帕斯帕提那神庙的时候，他忙里偷闲，赶去供奉神牛南迪的大殿做祈祷。当我们再度看到他时，他的额头上已经多了一点代表着吉祥和祝福的红色胭脂。

去大殿祈祷之前，司机小伙儿在帕斯帕提那神庙门前将我们一行人交给了他的一位朋友。今天的尼泊尔最有意思的一个现象就是，区别于中国国内的人们几乎雷同的气质，尼泊尔年轻人之间的区别非常之大。相比之下，对外开放时间还很短暂的尼泊尔更像是一张白纸，生活在这里的人们面对外来文化的冲击作出了各自不同的选择。

这位中途接待我们的帕斯帕提那神庙非正式导游青年拥有比较明显的雅利安血统，肤色较之前几位要白得多，其高大健硕的体格在尼泊尔人中极为少见，长得有点像香港演员王敏德。比这些外貌特征更引人注目的是他能讲一口漂亮流利、几乎不带任何口音的英语，想必是受过相当良好的教育。

在尼泊尔这样一个以西方国家游客消费为主要收入来源之一的国家，会说英语就意味着有更多的工作机会，如果还擅长经营，就能独立开展各种接待业务，甚至把业务分包给其他英语水平很差、无法与外籍游客直接沟通的人以从中提取分成。在这里，英语是决定收入水平的最重要因素。

"尼国王敏德"在带领我们游览神庙的途中，一直都以不亚于BBC播音员的语速为我们讲解这个尼泊尔规模最大的印度教神庙的典故，以至于让我觉得如果能和他相处一段时间，自己的英语听力、口语都会有井喷式的提高。

　　帕斯帕提那神庙最著名的莫过于其所具备的殡仪馆属性，我们多多少少都在一些攻略和书籍中知晓一二，并没有感到出乎意料。出于对逝者的尊重，尽管我们遇到了几个现场火葬仪式，却也没有拍任何照片，只是在一旁静静观看，并从"尼国王敏德"的讲解中有限地获取一些关于这类仪式的传统及其所代表的意义。

供奉着林迦和尤尼的小型神龛，它们是印度教徒用来向喜马拉雅众神求子用的。颇为有趣的是，求子的目的是为了给他们送终

很多尼
泊尔年轻人
已经完全接
受了现代的
生活方式

　　唯一有些意外的收获是巴格玛蒂河东岸的十数个神龛，关于它们的用途从来没有任何资料提及，这些1立方米大小的神龛里供奉着象征湿婆和帕尔瓦蒂夫妇的林迦和尤尼，尤尼的把手都对着喜马拉雅山脉的方向，上面隐约还能看到鲜红的胭脂与蜂蜜流淌的痕迹。"尼国王敏德"告诉我，这是印度教徒用来向喜马拉雅诸神求子的。

　　实际上，帕斯帕提那神庙真正震撼人心的地方并不是那些火葬场面，而是尼泊尔人对生死的坦然态度。一条神圣（也是严重污染）的巴格玛蒂河，西岸是送别躯体和灵魂的地方，东岸则是祈求新生命的地方，隔河相望不过几十米而已。西岸的小孩子们在灰烬中寻找那些可能存在的金牙的同时，东岸的父母则虔诚地献上祭品、焚香祷告，那种感觉就好像是火葬场和产科医院建在了同一个院子里，却没有令人感到有什么不自然。对人类而言，生与死本来就是既定规律，当然是自然而然的事。

　　这种"自然而然"不仅体现在这同处一"室"的生死轮回，也体现在"尼国王敏德"叙述这些事的理性客观态度上。在他的讲解中，我没有感受到任何主观情绪和表情变化，平静得就像在学校里背诵一篇自己不见得喜欢又必须背出来的课文一样。

　　当然，在所有讲解都完毕之后向我们索要讲解费时，这种平静也没有产生什么波动。追根溯源，很多人的焦虑和戾气很大程度上源自对死亡的恐惧，而这种恐惧则来自将死亡当作一个终点来看待。显然，尼泊尔人并不是这么想的。

　　我们没有过多纠结，只是象征性地讨价还价一番，就把讲解费付给了他。之所以这么爽快，倒并不是因为我觉得这个价格合理公道，而是佩服这种异常强大的心理素质。一个人能完全中立和以旁观者的立场去为外国游客详细讲解一场本国国民的葬礼，可能在整个世界范围内都是很罕见的现象。

　　不过，既然有人能做到这一点，那么为他的与众不同标上一个价格，我倒觉得没什么不妥。

加德满都市区简图

加德满都自由行指南

货 币

　　一个国家的本币使用是否便利，是这个国家政局是否稳定的最好标准。尼泊尔的货币单位是卢比（RS），在尼泊尔国内，卢比的使用畅通无阻，并不会出现像柬埔寨那样美元占主导地位的状况。美元在尼泊尔被有限接受，不过要注意的是，在安纳布尔纳保护区仅通用卢比，美元无法直接使用。

　　在泰米尔区、巴克塔普尔古城、博卡拉的湖区，到处可以找到货币兑换点（Exchange），汇率一般都会明码标价。如果一次性兑换的数额较大，可以跟店家砍价。尼泊尔人在日常生活中非常懂得变通，处事灵活，大多数没有明码标价的项目都可以谈价钱。

　　人民币与尼泊尔卢比的汇率相对比较稳定，大约1元人民币可兑换15.45卢比，而1美元约能兑换到100卢比。在日常生活中，若要购买以卢比标价的商品，那么直接除以15即可大致得到换算成人民币的价格。

机 场

加德满都的特里布万国际机场（Tribuhuvan International Airport，KTM）位于市区东部，距离泰米尔区约11公里。它的名字来源于20世纪50年代的一位尼泊尔国王，这位特里布万国王最大的功绩就是签署了第一份批准西方游客前往喜马拉雅山区旅行的许可，从而打开了尼泊尔徒步旅行和登山活动的大门。此后不到四年，新西兰人埃德蒙·希拉里就在夏尔巴向导丹增·诺盖的帮助下成功实现人类第一次登顶珠穆朗玛峰。

若在泰米尔区预订了酒店，那么酒店一般都会派车提供机场接机服务（Pick up），游客无需支付费用。也可自行前往机场门口寻找出租车前往市区，到泰米尔区的价格一般在500卢比左右，不堵车的情况下耗时20分钟。前往巴克塔普尔则需600卢比，耗时30分钟左右。

值得注意的是，特里布万国际机场有两个航站楼，国际航班和国内航班并不在一个地方起降。尽管两个航站楼距离并不遥远，但若是打车前往一定要事先跟司机说明要乘坐的是哪一种航班。

住 宿

游客通常都会选择住在生活较为便利的泰米尔区。但是由于这里的酒店、客栈数量实在太多，我们很难具体推荐某一家，可根据自己的预算任意选择，同一价位的酒店之间差别并不会很大。对于预算有限的普通背包族来说，20~30美元一晚的私人客栈已经足够奢侈，在每年6~9月的淡季前往能获得更为低廉的价格。

餐 饮

如果事先对尼泊尔的美食能为你带来一顿饕餮盛宴抱有很高的期望，那么结果通常会令你感到失望。在卫生状况不容乐观的加德满都，寻找打牙祭的各路美食远没有保护自己的肠胃来得重要，尤其是一些有徒步计划的朋友，千万不要为了一时的口腹之欲而让不洁的食物造成消化道不适影响自己的计划。

在泰米尔区有很多西餐馆，寻找一家卫生状况较好的餐厅是个不错的主意，珠峰牌啤酒绝对不容错过。至于尼泊尔的特色美食——扁豆汤套餐，如果你有上山的计划，那么在徒步期间将有大把的机会尝试，所以，暂时先忽略它吧。

佛陀航空的ATR72型支线客机，这种机型在尼泊尔国内的航班中极为常见，远处的雪山是象头神峰群

交 通

1. 支线航空

由于尼泊尔北部丘陵遍布，公路交通极为不便，故此支线航空非常发达。特里布万国际机场的国内航站楼有频繁飞往东西部各个较大城镇的航班，对于外国游客来说，利用最多的无疑是飞往博卡拉和卢克拉的航班。

两家规模最大的经营国内支线航班的公司是绿色涂装的雪人航空（Yeti Air）和蓝白相间涂装的佛陀航空（Buddha Air），价格和服务质量方面差异不大。预订机票方面，既可以通过航空公司的官网，也可以在泰米尔区通过旅行社代办，后一种方式的价格会略微昂贵，可同时也能省却不少麻烦。

值得注意的是，飞往萨加玛塔国家公园的卢克拉机场的航班无法通过网络预订，只能前往泰米尔区的旅行社或者航空公司办事处购买机票。若事先预订了加德满都的酒店客栈，则可以拜托店家代为购买机票。

另外，由于尼泊尔国内基础设施相对落后，加德满都与博卡拉的国内航站楼非常简陋，登机卡基本靠手写，也没有航班动态显示屏之类，进关登机的秩序会显得比较混乱，尤其在天气状况不佳的情况下，航班的起降会有巨大的不确定性。有时需要不断去询问工作人员当前航班的起飞情况以免错过班次，同时要保管好的自己的随身行李。

雪人航空官网：www.yetiairlines.com
佛陀航空官网：www.buddhaair.com

2. 长途客运

在道路和车况均不甚理想的尼泊尔，选择乘坐长途汽车是一件需要勇气的事，但同时也会是一次极为有趣的体验。长途汽车一般总是人满为患，许多乘客不得不坐上车顶。当然，你也可以选择去体验这种原汁原味的尼泊尔风情。而乘车必要条件只有一个，就是你必须了解自己所要去的目的地的读音，以便与英语并不怎么灵光的司乘人员沟通。

一般游客乘坐长途汽车，无非是前往博卡拉、巴克塔普尔和纳嘉科特。加德满都均有流水发车前往这些目的地的班车，但都在不同的地方乘坐。

前往博卡拉： 较为舒适的选择是乘坐从泰米尔区Kantipath发车的旅游大巴，车费约500卢比，行车时间在7小时左右。另一种更为节省车费的方案是前往加德满都市区北部的贡嘎布长途汽车站（Gongabu Terminal）乘坐普通长途汽车。这个方案的缺点在于车站离市区比较远，需要花费150卢比打车前往。

前往巴克塔普尔： 发往巴德岗古城的班车始发于加德满都市中心Durbar Marg和Bagh Bazar这两条路的交叉路口附近。这个路口并不难找，就在通迪凯尔广场的东北角，路口有一座破旧天桥。直接打出租车去巴克塔普尔的价格是700卢比，而长途班车的司机一般会对外国游客实行另一种不太厚道的票价标准。

前往纳嘉科特： 直达纳嘉科特的班车始发地点在泰米尔区北部边缘的Hotel Malla附近，但是发车时间并不十分稳定，所以大部分游客会选择先去巴克塔普尔，然后转车前往。这个方法相对合理。如果直接打车前往，由于路途较远，价格可能在2000~2500卢比之间。

可能只有唱着梁静茹的《勇气》，才有胆量走进加德满都的长途汽车站

治安： 尽管加德满都看上去非常混乱无序，尤其当你走在泰米尔区之外的街区，迎面汹涌而来的人潮、各种坐姿的游手好闲之辈可能会让你心惊胆战，但实际上加德满都的治安状况还是非常不错的，极少听到有针对游客的抢劫、偷盗等犯罪行为，所以在旅途中进行一些常规防范之外，不需要有特别多的想法和措施。

加德满都的世界文化遗产

1. 杜巴广场（Durbar Square）

位于加德满都市区的西部，从泰米尔区出发步行前往仅需要30分钟，进入广场区域需要支付的门票价格为300卢比。如果您觉得一天时间还不足以让你品味这件面积巨大㕮㕮㕮㕮㕮㕮㕮㕮㕮㕮㕮㕮㕮㕮㕮㕮㕮㕮㕮㕮㕮㕮㕮㕮㕮㕮㕮㕮㕮㕮㕮㕮㕮㕮㕮㕮㕮㕮区管理处，在那里可以免费办理一张多次出入的通行证，有效期与你的签证有效期是完全一致的。

2015年4月25日的尼泊尔大地震导致大广场上的建筑大部分倒塌。

2. 博大哈佛塔（Boudhanath Tower）

这座号称是亚洲规模最大的藏传佛教佛塔耸立在特里布万国际机场北边不远处的一座山丘上，从泰米尔区打车前往的价格是300卢比，而门票价格则是非常厚道的150卢比。

与加德满都市区大部分脏乱差现象严重的区域相比，博大哈佛塔是谷地内难得的一处既安静又干净的场所。在过去交通不便的年代，这里是商人们在向北翻越喜马拉雅山危险的山口前向佛祖祈求一路平安的场所，而如今则更多的是一处藏族集聚地和旅游景点。

由于此处属于藏传佛教的领域，请在前往参观时务必报以尊重，如欲转佛塔请遵循顺时针的路线。佛塔所在的山丘之下不远处便是帕斯帕提那神庙，因此我们建议将这两处景点安排在一起游览。2015年4月25日的尼泊尔大地震中，博大哈佛塔顶部开裂。

佛眼有着令人望而
生畏的犀利眼神

3. 帕斯帕提那神庙（Pashpatinath）

　　如前所述，这座尼泊尔最大的印度教神庙
与博大哈佛塔之间仅有5分钟的车程。而且此神
庙在大地震中完好无损。从泰米尔区打车到此
需花费250~300卢比，这座神庙的门票价格是略
显昂贵的500卢比，请英文导游的价格在10~20

美元，当然，砍价是必需的。请注意，供奉着湿婆坐骑——神牛南迪的大殿禁止非印度教徒入内。

众所周知，帕斯帕提那神庙的最大看点就是巴格玛蒂河畔的火葬仪式。至少有五六个火葬台沿河分布，按照亡者的社会等级高低以及支付的费用多寡，高者在上游，低者在下游。由此可见，尽管种姓制度已经被废除，但传统的力量在短时间内却很难被改变。

巴格玛蒂河东岸的求子神龛附近有大片的空地可以观看对岸的火葬仪式，尽管尼泊尔人本身对生老病死这件事看得十分淡薄，但这并不构成我们就可以对逝者不予尊重的理由。有些游客为了一己私欲而对火葬场面喧哗嬉笑、随意拍摄，并在网络上广为散布的行为令人羞愧。

生死仅在一河之隔

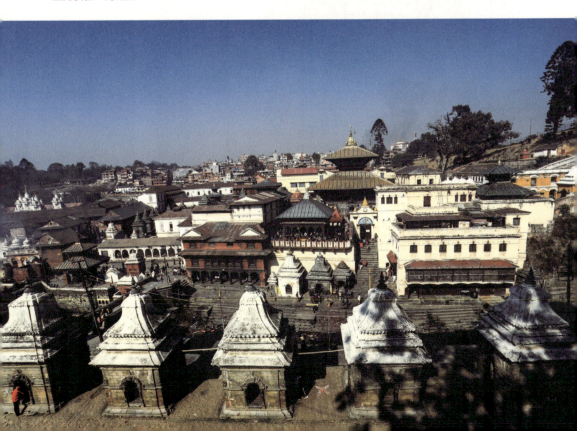

　　尊重不同种族、不同宗教的风俗和信仰，是一个负责任的旅行者应当具备的基本素质。在此，我们立场坚定地郑重呼吁前往帕斯帕提那神庙参观的朋友，作为一个置身事外的旁观者，我们更应该做的事是观察和思考，并时刻提醒自己尽量避免在他人的葬礼上做出一些不合时宜的举动。

　　神庙与博大哈佛塔同处于加德满都东部，南距特里布万国际机场仅数公里之遥。旅行时间安排并不充裕的朋友，可以在前往机场离开加德满都之前，将这两处景点安排在一起游览，一般来说半天时间已是绰绰有余。

4. 猴庙（*Swayambhunath*）

　　猴庙的正式名称是斯瓦扬布纳寺，独自兀立于加德满都市区西侧的一座小山上（在地震中主体建筑仅轻微受损），从泰米尔区出发可以徒步或者租借自行车前往。若忌惮于市区糟糕的空气质量的话还是选择打车吧，价格与前往帕斯帕提那神庙完全一样——250卢比。

　　游览这个寺庙最大的挑战并不是支付200卢比的门票钱，而是如何保护自己不被早已占山为王的大批恒河神猴侵犯。在朝山顶佛塔攀爬的过程中尽量将所有的食物藏匿起来，并避免手持任何拥有醒目颜色的物件，以免引起被游客惯坏了的猴子们的注意。

　　山顶的观景台坐西朝东，可以俯瞰整个加德满都市区，也是观看日落的好地方。与你一同关注着山脚下密如蜂巢的房屋以及生活其间的400万芸芸众生的，还有佛塔顶端那一双佛眼。或许对生活在这里的人们来说，这是一种十分写实的"举头三尺有神明"吧。

2015年尼泊尔地震中损毁的重点古建筑

2015年4月25日，尼泊尔发生8.1级地震，夺去了无数人的生命，也让许多著名建筑化为废墟。据统计，在这次尼泊尔地震中损毁的重点古建筑共计14座，其中12座为世界文化遗产。损毁名单如下：

★ 加萨满达庙/独木庙（Kasthamandap） 完全坍塌

★ 哈努曼多卡宫/老皇宫（Hanuman Dhoka） 部分坍塌 为危险建筑

★ 玛珠庙（Maju Deval） 完全坍塌

★ 迪路迦摩卡纳拉扬神庙（Trailokya Mohan Narayan Temple） 完全坍塌

★ 纳拉扬毗湿奴庙（Narayan/Vishnu Temple） 完全坍塌

★ 博大哈佛塔（Boudha Stupa） 主体建筑顶部开裂，为危险建筑，副塔坍塌

★ 斯瓦扬布纳寺/猴庙（Swayambhunath） 主体建筑轻微受损，周围副塔坍塌

★ 比姆森塔/达拉哈拉塔 (Bhimsen Tower，Dharahara) 完全坍塌

★ 瓦斯塔拉杜迦神庙（Vastala Durga Temple） 完全坍塌

★ 法希得嘎神庙（Fasidega Temple） 顶部坍塌，底座部分雕塑保留

★ 哈利桑卡神庙（Hari Shankar Temple） 完全坍塌

★ 湿婆神庙（Shiva Temple） 顶部坍塌

★ 查尔纳拉扬神庙（Char Narayan /Jagannarayan） 完全坍塌

★ 尤加纳兰德拉马拉/国王柱像（Yoganarender Malla） 顶部雕像掉落损毁，坦帕杜巴广场其他几座雕像也掉落损毁

Chapter 3

博卡拉，在神的怀抱里

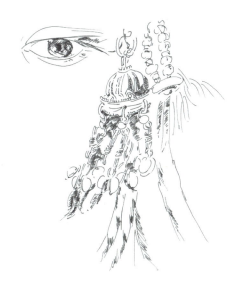

与天堂最接近的地方

贵为世界第八高峰，却有些其貌不扬的马纳斯鲁峰如惊鸿一瞥后便迅速消失在ATR72支线飞机那略显狭窄的机窗之中。如果选择走地面交通，那么从加德满都去往博卡拉的看上去并不算遥远的200公里路程，却需要在蜿蜒曲折的丘陵山地之间折腾上7个小时。此时，我无比庆幸自己果断选择了支线航班来解决这段路程，从而为之后的徒步跋涉节省了体力。

位于尼泊尔西部的博卡拉尽管在海拔上要比加德满都低得多，甚至还不到1000米，但在飞机降落机场后走出机舱的那一刻，我还是感觉到了北边不远处的喜马拉雅山脉送来的阵阵凉意。

博卡拉机场袖珍得有些可爱，规模比国内许多造型奢华的长途车站都小，这里也不存在舷梯或者接驳车之类。我慢慢踱着步从停机坪走向出口，眼看着运载自己的行李从身边悠悠开过的小型拖车，忽然有一种难以形容的欢乐感，大概在某些场合，快乐真的与现代化与否没有太大的关系。

与弥漫在加德满都谷地那似乎永无止境的鼓噪声相比，博卡拉除了在基础设施建设上同样糟糕之外，几乎截然不同，尤其是清静的环境显而易见。这个纯粹的旅游城市是尼泊尔第二大城市，常住人口却仅有20多万，上海一个小小街道的人口数量可能都比它多，而仅在200公里外的加德满都谷地，今天已经挤进了超过400万人。

博卡拉也是尼泊尔西部开发区（Western Development Region），以及下辖的甘达基县（Gandaki Zone）、卡斯基郡（Kaski District）这三地的首府。尼泊尔的行政区域划分，采用一种不同于传统意义的郡县制。全国分为东、中、西、中西、极西部5个开发区，每个区由2~3个县（又称为专区）组成，每个县又会下辖若干个郡。

综合来看，整个尼泊尔总共有5区14县75郡，此外，还要加上16个各类国家公园和保护区，光是要搞清楚这些五花八门的大小特区就是一件令人头大的事。一个面积仅仅与中国的福建省相当的弹丸小国，竟然在行政区划上搞得如此庞杂，教人难以理解。不过可想而知在封建年代，喜马拉雅山脉南坡的这片土地是怎样一派群雄割据的纷乱景象。

机场距市区的距离可以用"拐个弯就到"来形容，这里所谓的市区，指的是与加德满都的泰米尔区同属一类的背包客聚集地——湖区（Lake Side）。湖区仅有一条主要街道——拉特纳普里（Ratnapuri），基本为餐厅、咖啡馆、超市、商铺、旅行社这些游客服务设施所占据。道路的西侧是有着"博卡拉名片"之称、却有些言过其实的费瓦湖（Phewa Tal），东侧是一些平行向城市中心延伸的小型街道，大部分酒店和客栈都集中在这些静谧的小巷里。

虽然此地的环境并不会给人一种眼前一亮的感觉，然而对于好不容易从加德满都的噪音地狱中仓皇逃离的人们来说，这种安静悠闲的环境简直如放松身心的天堂。

营造出这般平和氛围的另一个理由在于，除了那些来也匆匆、去也匆匆的到此一游的游客之外，聚集在这里的旅行者们一般分成两类，一种是有着进山徒步计划、整装蓄势待发的人们，另一种是刚刚经历了几天或更久的艰苦跋涉、结束行程回到这里休整的人们。前者需要留力，而后者早已筋疲力尽，所以，无论是哪一种人，都能够自觉地保持安静。

前文已经介绍过，在世界上所有14座8000米级高峰中，尼泊尔独占了其中三座，由西到东分别是道拉吉里峰、安纳布尔纳峰和马纳斯鲁峰。以这三座高峰领衔的三组雪山群全部坐落在尼泊尔的中部和西部，峰群之间的距离极近，仅仅隔一条河谷。

它们均为坐北朝南的姿态，沿着喜马拉雅山脉的主脊线一字排开，俯瞰着脚下的博卡拉山谷（Pokhara Valley）。位于山谷正北面的安纳布尔纳峰群，与博卡拉城区的直线距离仅有40公里，这基本上相当于上海市区与浦东机场之间的距离，而相对较远的道拉吉里保护区和马纳斯鲁保护区，博卡拉与它们之间也有支线班机以及公路相通。

正因为拥有这样的地理优势，交通相对便利、后勤保障功能完善的博卡拉便成了去往这三个保护区探险的中转休整基地。这个城市与宗教、政治全无关联，甚至看不到有任何人在进行管理，但一切都在有条不紊地运转着。旅行者们在街头的咖啡馆相遇，继而翻开地图，饶有兴致地讨论着村落、河流、海拔、山峰及一切与自己将要前往的目的地相关的各类信息。这样的场面在湖区随处可见，往往让人很难抑制内心的跃跃欲试。

Hotel Tara是一家开业不久的私人客栈，选择此处作为博卡拉的据点更多的是一种随机行为，我判断它距离湖区生活设施最密集的区域会很近，而实际情况也是如此。与我结伴的5名队友不久后便顺利到来，他们能没有任何延误地在1天之内从遥远的成都来到博卡拉，很大程度上要拜极给面子的好天气所赐，而我此时唯一的期望就是，这样的好天气能尽可能久地延续下去。

队友们与我生活在同一个城市，我们之前并不相识。在一次偶然的机会下我结识了队长小K，几经讨论之后才确认同行。实际上，一开始我并没有打算与别人组队，而是准备独自前往，毕竟在旅行经验方面我觉得完全能够应对，虽然英语水平属于"惨不忍睹"，不过仅靠一些简单的日常会话应付过去也问题不大。最终决定采取组队的方式只是出于人身安全的考虑，尽管之后的实际情况表明这种担心完全是不必要的。

小K所带领的5人与我一道组成一支6人队伍，目的地是位于安纳布尔纳保护区最核心地带的安纳布尔纳大本营（Annapurna Base Camp，ABC，4130米）。这条为期一周以上、单程海拔落差达到3000米以上的徒步线路，乃是尼泊尔所有徒步线路中开发最成熟、设施最完善的一条，在国内的知名度也最高。

在计划的行程中，我将耗费4天的时间沿着安纳布尔纳群峰中的莫迪河谷去到大本营，再用3天的时间下撤回到博卡拉，而小K一行人则选择了较为宽裕保守的总共8天走法。

尽管喜马拉雅山脚下的这个国家遍地都是徒步线路，但现今国内前往尼泊尔进行徒步旅行的游客所前往的区域不外乎两个，其一就是我们选择的安纳布尔纳保护区（Annapurna Conservation Area，ACA）；另一个就是位居尼泊尔两大世界自然遗产之一的萨加玛塔国家公园（Sagarmatha National Park），那是世界顶级徒步旅行路线——珠峰南坡大本营（Everest Base Camp，EBC）的所在地。在北坡的西藏定日一侧，越野车可以直接开到大本营所在的绒布寺，而在地势起伏巨大的南坡，若不考虑价格昂贵的直升机，那么要走到珠峰脚下只有徒步一途。

相较于EBC动辄超过5000米的海拔高度，安纳布尔纳保护区在行走难度、景观质量等方面当然是全方位逊色的，但即使是普通游客，也能在ABC实现徒步的心愿，尤其是耗时相对较短，这对于手头假期普遍捉急的中国游客来说无疑是一个好消息。

如果选择去走EBC，在航班完全顺利的前提下，走完半程的极限最速耗时也需要10天，再加上往返加德满都和国内的时间，整个行程势必耗时两周以上，这么长的假期对于国内大多数上班族来说都近乎可望而不可即。

因此就我本人来说，选择前往安纳布尔纳保护区徒步，其实是一个退而求其次的妥协方案。眼下既然去EBC的各方面都尚未成熟，那么何不先从较为简单的开始，以后再考虑由易入难？此外，也正好借此机会亲眼看一看，久负盛名的喜马拉雅地区高山徒步究竟有没有传说中那么震撼人心，简而言之，就是一次投石问路。

实际上，当我在农历新年的第一天站在萨朗科某一户人家的屋顶上眺望着仿佛近在咫尺的众神之时，几乎已经得出了"名不虚传"的结论。

昔日皇家领地萨朗科

　　所谓萨朗科（Sarangkot），其实就是博卡拉市区北侧的一道低矮山梁。如果你在费瓦湖（Phewa Lake）泛舟，就会发现湖盆北侧有一道很碍眼的山梁，阻挡在湖面与安纳布尔纳群峰之间，那道山梁便是萨朗科，海拔不超过1600米，是相对海拔较低的博卡拉盆地中的一个制高点。

　　只要我们稍加留意就会发现，在尼泊尔有海量后缀为"Kot"的地名（例如著名的纳嘉科特，Nagarkot），而且地形都很类似，大约就是城镇盆地附近的一些山丘高地。它们既是制高点，也是观景台。关于Kot的意思我特地向客栈的老板求证过，他给我的回答是"皇家领地（King's Field）"的意思。

在晴朗的日子里，去费瓦湖泛舟是一个不错的选择

　　可见，在尼泊尔漫长的君主制时代，这些居高临下、风光秀丽的地方大概都是王公贵族们的私人领地，一般民众想要上去那是门儿都没有，因此才会留下这种带有深刻封建烙印的名字。如今尼泊尔国王倒台、江山易帜，在社会性质上走进了世俗社会的行列，至少那些旧时代的限制已然随着王朝的倾覆而消失。

　　历史不会开倒车，所以这些带有后缀"Kot"的名字，恐怕是封建王朝留下的为数不多的痕迹之一了。

　　登上萨朗科的山脊，安纳布尔纳峰群就耸立在北方不到40公里的地方。它由一系列海拔极高的山峰组成。由于位于喜马拉雅山脉南侧的尼泊尔地势低洼，河谷、盆地遍布，例如加德满都谷地（Kathmandu Valley，1500米）和博卡拉盆地（Pokhara Valley，900米），与这些高峰的相对落差在短短几十公里距离内就可以达到5000米以上，因此这些山峰颇有拔地而起、君临天下的磅礴气势，与基础海拔本身就较高，即便是极高山看上去也显得不温不火的西藏可谓天差地别，这正是南坡独具魅力的地方。

安纳布尔纳峰群所属山峰列表				
山峰名称	海拔高度	属性	世界排名	主要观看位置
安纳布尔纳一号峰（Annapurna I）	8091米	本区域主峰	No.10	萨朗科 布恩山 安纳布尔纳大本营
安纳布尔纳二号峰（Annapurna II）	7937米	本区域高峰	No.16	萨朗科 皮桑峰
巴哈楚里峰（Bharha Chuli）	7647米	一号峰卫士峰	非独立山峰	安纳布尔纳大本营
安纳布尔纳三号峰（Annapurna III）	7555米	本区域高峰	No.42	萨朗科 甘杜克 安纳布尔纳大本营
安纳布尔纳四号峰（Annapurna IV）	7525米	二号峰卫士峰	非独立山峰	萨朗科 世界和平塔
黑岩峰（Khangsar Kang）	7485米	一号峰卫士峰	非独立山峰	三号营地 康拉山口
冈嘉布尔纳峰（Gangapurna）	7455米	本区域高峰	No.59	甘杜克 乔姆隆 皮桑峰

（续上表）

山峰名称	海拔高度	属性	世界排名	主要观看位置
安纳布尔纳南峰 （Annapurna Dakshin）	7219米	本区域高峰	No.101	南侧几乎任何位置
提里措喜玛尔 （Tilitso Himal）	7134米	一号峰卫士峰	非独立山峰	康拉山口 皮桑峰
冰川穹顶峰 （Tare Kang）	7069米	一号峰卫士峰	非独立山峰	安纳布尔纳圣地区域 康拉山口
尼日吉里峰 （Nilgiri）	7061米	一号峰卫士峰	非独立山峰	卡利甘达基河谷
鱼尾峰 （Machhapuchhare）	6997米	本区域高峰	No.120以下	几乎任何位置
兰琼冈底斯 （Lamjung Kailas）	6983米	二号峰卫士峰	非独立山峰	萨朗科 皮桑峰
尼日吉里南峰 （Nilgiri South）	6839米	尼日吉里峰卫士峰	非独立山峰	卡利甘达基河谷
坳峰（Singu Chuli）	6501米	一号峰卫士峰	非独立山峰	二号营地
希恩楚里峰 （Hiun Chuli）	6434米	安纳布尔纳南峰卫士峰	非独立山峰	南侧大部分区域
甘德哈瓦楚里 （Gandhawar Chuli）	6248米	鱼尾峰卫士峰	非独立山峰	安纳布尔纳圣地区域
帐篷峰（Tharpu Chili）	5695米	一号峰卫士峰	非独立山峰	安纳布尔纳大本营
马迪喜玛尔 （Madi Himal）	5553米	鱼尾峰卫士峰	非独立山峰	安纳布尔纳圣地区域

　　其实只要我们稍加留意就会发觉，喜马拉雅山脉并不是真正意义上的"绵延"，而是被一道道"沟"切开，形成许多个区域，如火车的一节节车厢那样，同气连枝却又相互独立，每个区域都由一座或数座极高峰领衔，而所谓的喜马拉雅山脉，就是将这些区域看成一个整体才能得出的结论。整个喜马拉雅好比一个集团公司，而下面的每个区域就是下属子公司，区域内的主峰便是部门经理。

　　例如，博卡拉北部的道拉吉里保护区、安纳布尔纳保护区和玛纳斯鲁保护区，尽管从广义上说同为喜马拉雅山脉的一部分，但它们之间是平起平坐、相互独立的关系，峰群之间也有较为明显的分界线——道拉吉里峰群与安纳布尔纳峰群之间是卡利甘达基河谷（Kali Gandaki Khola），安纳布尔纳峰群与玛纳斯鲁峰群之间是马斯扬迪河谷（Marsyangdi Khola）。

　　这种抽丝剥茧式的分类法，同样可以应用于单个峰群的内部。在卫星地图上，就很容易看出安纳布尔纳峰群是由三个相对独立的区域组成——西侧的提里措喜玛尔峰、尼日吉里峰、尼日吉里南峰这三峰区域，东侧的以安纳布尔纳二号峰为核心的区域，以及坐镇中央、规模也是最大的主峰群。

（上图）安纳布尔纳峰群由左侧的尼日吉里峰群、中央峰群和东侧峰群组成

（下图）对于不想徒步的游客来说，萨朗科是一个能近距离观赏喜马拉雅雪峰的理想场所

在萨朗科看到的鱼尾峰峰尖是6993米

对于普通旅行者而言，要想把安纳布尔纳的山峰全部看遍是极难的。按照由易到难，在最容易到达的萨朗科可以看到其中的9座；如果去到安纳布尔纳大本营，则会增加到16座，不过最大程度也只能看到一个峰角；只有再费点劲去走安纳布尔纳大环线（Around Annapurna），才能在北侧马斯扬迪河谷的康拉山口（Kang La，5322米）把它们看个真切。

鱼尾峰（Machhapuchhare/Fish Tail，6997米）毫无疑问是安纳布尔纳群峰中最耀眼的明星。这个名字的英语读法常常让人摸不着头脑，其实正确的念法是"马察普赤雷"，用南亚英语的口音念出来就基本对了，尽管海拔算不上出类拔萃，却有两个特殊意义使得它成为安纳布尔纳群峰中最引人瞩目的明星。

其一在于它是群峰中位置最靠南的，在博卡拉市区内的很多地方都可以看到其鬼斧神工般俏丽的身影，而萨朗科与它之间的直线距离只有30公里左右，峰体看上去格外高大，鹤立鸡群般的霸气外露。在我记忆当中，只有观看卡瓦格博峰的飞来寺观景台能与之媲美。想必在现代测量技术诞生之前，当地人一直是把它当作安纳布尔纳峰群中的最高峰来崇拜的。

在这个传媒极度发达的时代，我们有时候会因为一些地理类的电视节目而产生错觉，以为看见雪山并不是件难事，但事实恰恰相反。在喜马拉雅山脉附近，除非你花费很长时间徒步到一些诸如登山大本营或者一些高海拔垭口之类的特定地点，否则想要以如此近的距离和轻松简便的方式观看成片的高海拔雪峰，几乎是白日做梦。从这个意义上说，萨朗科属于一个绝无仅有的例子。

从博卡拉和萨朗科看到的是鱼尾峰的南壁，峰形几乎呈一个标准的等边三角形，显得尖耸突兀，如刀劈斧削一般，极为优美。鱼尾峰之所以得其名，是因为它由两个高度差不多的峰尖组成（海拔分别为6993米和6997米），如同开叉的鱼尾一般。在南侧由于角度的缘故只能看到一个峰尖，鱼尾巴的造型自然是体现不出来的。

在去往安纳布尔纳大本营的路上就可以依次看到它的西南、西侧、西北山壁，造型各不相同，也各有特色。在短时间内山体形态的迅速变化，能让我们比较容易观察到风格迥异的各种造型，是鱼尾峰的一大特点。

鱼尾峰的另一大意义在于，它是全球范围内三座著名的6000米级禁登神山之一，另外两座均坐落在中国境内——云南德钦的卡瓦格博（Kawagarbo，6740米）和西藏普兰的冈仁波齐（Kailas/Gang Rinpoche，6638米）。

卡瓦格博是传说中的藏区八大神山之首，但这种说法只是民间传说，并没有什么可靠的证据来支持，比较靠谱的记录是，在藏传佛教传入德钦之前，卡瓦格博就已经是更为古老的原始宗教——苯教的神山。关于藏传佛教与苯教的渊源，以及千年来的恩恩怨怨，后来形成了著名的“佛苯之争”。

无论如何，卡瓦格博的神山地位在“佛苯之争”后还是被赢得胜利的藏传佛教继承了下来并延续至今，现在在很大程度上它已经成了如日中天的格鲁派的圣地。在经历了20世纪90年代初惨痛的山难事件后，德钦当地政府和相关主管部门经过激烈的讨论，于2001年开始不再颁发登山批文。

从此，卡瓦格博虽然并没有被明令禁止攀登，但是游客登山的合法性已经不存在了，这种做法的理由可以视为一个互利双赢的明智决定。保留卡瓦格博处子峰的身份，既尊重了当地藏族同胞的宗教信仰，又最大限度地保留了其蕴含的旅游开发价值，何乐而不为？

传说中的藏区八大神山

山峰名称	地理位置	海拔高度	所属山脉	所属藏区
卡瓦格博峰	云南省德钦	6740米	横断山-怒山	康巴
冈仁波齐峰	西藏自治区阿里	6638米	冈底斯山	阿里
玛卿岗日	青海省果洛	6282米	阿尼玛卿山	安多
尕朵觉沃	青海省玉树	5470米	唐古拉山	安多
墨尔多神山	四川省丹巴	无确切数据	大雪山	康巴
苯日神山	西藏自治区林芝	无确切数据	喜马拉雅山	前藏
雅拉神山	四川省康定	5820米	大雪山	康巴
珠穆朗玛峰	西藏自治区定日	8848.43米	喜马拉雅山	后藏

　　卡瓦格博峰群由一系列海拔6000米左右的山峰组成，俗称"太子十三峰"，由南向北主要有缅茨姆（Mianzimu，神女峰，6054米）、吉娃仁安（五冠峰，5470米）、布穷松吉吾学（太子峰，5968米）、巴乌八蒙、卡瓦格博主峰、玛兵扎拉旺堆（"无敌降魔战神"，6365米）、粗归腊卡（Cogar Laka，6509米），这些山峰的名称或多或少都带有一些战斗神灵的特征，与卡瓦格博传说中是格萨尔王麾下的一员猛将有关。

　　与卡瓦格博的"神"多势众相比，冈仁波齐（Kailas/Gang Rinpoche，6638米）似乎显得有些势单力薄，毕竟冈底斯山脉（Mount Kailash）作为青藏高原的内部山脉，冰川发育并不强大，平均海拔也不太高，其地理位置偏远，在遥远的西藏阿里地区，即使从拉萨出发日夜兼程，去到神山脚下的小镇塔尔钦也至少需要3天时间。不过，它还是被藏传佛教、印度教、耆那教、苯教同时奉为神尊，并赋予不同的意义。

　　在藏传佛教里，冈仁波齐被看作是密宗五大本尊之一的胜乐金刚；在印度教中，它则是三主神之一湿婆的修行道场；而在苯教的说法里，冈仁波齐南坡的巨大万字符（Swastika）是所有精神力量的源泉。人们对冈仁波齐的崇拜，几乎可以追溯到有文字记载的历史之前。

　　其间，大量亦真亦幻的传说故事被造就，围绕着冈仁波齐以及象雄王国的传说至今依然迷雾重重，寻根溯源的话，甚至可以触摸到人类文明的起源。

　　佛教徒崇拜冈仁波齐，是因为它象征了永恒的精神力量；印度教徒崇拜它，则是由于神山圣湖区发源了雅鲁藏布、朗钦藏布、马甲藏布、噶尔藏布四条养育了南亚次大陆十多亿人口的河流；就我个人而言，也在转山途中在冈仁波齐西侧山壁亲身体验到了神山使人几近顶礼膜拜的强大气场，这是无法用现有的科学和知识解释的现象。

在这种种原因之下，冈仁波齐尽管在海拔高度上默默无名，但依旧成为地球上崇拜人数最多的山峰，甚至远远多过之前我们提到的那些8000米级高峰。而我们平时所说的神山（包括圣湖），也基本上就是特指冈仁波齐（以及玛旁雍错）。

在这样的背景下，攀登神山就变成了一件冒天下之大不韪的事了，尽管以神山的自然环境来说攀登不存在多少困难，连我们这样的普通人也能在无需任何登山装备的情况下攀登到海拔5650米的卓玛拉（Dolma La）。

最近一次试图攀登神山的记录是2001年中国政府为一支西班牙登山队颁发了批文，但最终在海内外各种宗教势力强大的反对压力之下不了了之。有相关网站资料显示，主管部门在2011年发布了"禁止在冈仁波齐峰进行探险"的消息，但是就目前我能涉及到的资料，无法确认这条消息的准确性。但我们几乎可以认为，在可以预计的将来，冈仁波齐峰被攀登的可能性微乎其微。

相比之下，身处尼泊尔的鱼尾峰的命运似乎要简单得多，它被当地人视为湿婆的居所，长期以来都属于禁地。有历史记载的攀登只有在1957年的一次，一支英国登山队从鱼尾峰大本营出发，沿北山脊攀登到了距离顶峰仅有50米的地方，但与干城章嘉峰的攀登状况一致的是，登山队员们向村民们承诺不会踏上顶峰，因此没有再前进一步。

从那以后，再也没有人获得过踏上湿婆领地的许可。1985年，尼泊尔建立起境内第一个自然保护区——安纳布尔纳保护区（Annapurna Conservation Area，ACAP）。

保护鱼尾峰不受侵犯其实是一件极为容易的事，因为保护区所在的区域是尼泊尔一大重要民族——古荣族人的聚居地，而能建营地的点就那么几个，每条必经之路上都有常住居民，要把大批登山装备运进群山间的营地而避开所有人的耳目，或者试图收买所有的人、强迫所有人闭嘴是几乎不可能的事。

正如那次未果攀登的策划者说过的一句话那样：

"如果我们征服了这座山，那么我们就会摧毁人类灵魂中的一些东西。"

（"If we conquer this mountain, then we conquer something in people's souls."）

（上图）在萨朗科观看到的安纳布尔纳南峰与希恩楚里峰

（下图）鱼尾峰与安纳布尔纳三号峰

当前世界处于人类历史进程中物欲主义最鼎盛和泛滥的时代，在此背景之下，这些人类灵魂中的东西恰恰是最宝贵的。当我们度过这个阶段，整体素质提升到一个更高的境界之后，或许神山的禁登与否就不会再显得那么重要了。

无论如何，鱼尾峰已经成为一处只可远观而不可亵玩的神圣之地。不过不要紧，围绕着鱼尾峰以及安纳布尔纳群峰，大量的户外活动依然可以不受限制地开展。以博卡拉为基地的尼泊尔西部开发区也是世界三大滑翔伞圣地中性价比最高的一处，另外两处则位于新西兰和瑞士。

一架观光飞机正掠过兰琼冈底斯的南侧

背夫这门手艺活

在尼泊尔旅行的一大好处就是，如果觉得远远地眺望雪山很不过瘾，那么完全可以跑到它们跟前去凑近了看。更重要的是，相比于青藏高原或者喀喇昆仑山区，走到雪山面前需要穿越大面积的无人区，不但要风餐露宿，还要十分艰辛地跋涉，在尼泊尔实现这个愿望则要容易得多，大多数人都可以做得到。

以我们所组成的队伍为例，小K带领的4名队员Mandy、Cindy、小姨和老王，加上我，总共6个人在内，小K和Mandy曾一起攀登过哈巴雪山，可以算是对此次徒步最有参考价值的经验，而其他人的高海拔徒步经验就屈指可数了。我的高原徒步经验可能要比他们更丰富一些，但是时间跨度如此漫长的徒步跋涉于我而言也是第一次。

不过也正因为是第一次尝试长时间、有负重、高海拔的徒步跋涉，我对这次旅行丝毫不敢怠慢，很早就开始积极准备起来。主要是提前3个月开始每晚进行2公里左右的慢速长跑，这不仅是为了锻炼体力、耐力，更重要的是增强自身的免疫力。

我相信，大部分去尼泊尔体验徒步旅行的朋友与我一样，都是普通的上班族，我们不可能不紧不慢地耗上个把月，走不动了休息几天，那是不切实际的奢望，能争取到相对较长的假期本身已属不易。

在出发之前我们需要尽可能地将手头的工作交代清楚，旅行结束后回到本职岗位，又将面对旅行期间积压下来的琐事，而行程本身也一般会排得争分夺秒、披星戴月。如果在徒步的时候因为一些本可以避免的消极原因而消耗过多的体力，那将是非常令人痛苦的局面。

在这种周期较长的野外徒步旅行中，对旅行者的要求并非是源源不断的强劲体能或者出神入化的登山技巧，真正重要的是，我们必须在这一周左右的时间内保持身心状况的相对稳定，不生病，避免运动创伤，保护好自己的肠胃不出问题，这将是决定旅行质量的关键因素。

提前开始有意识地调整自己的身体状态，维持健康的生活作息规律，保持一定程度的体能储备，使自己在出发时达到一个良好的状态。若是能注意到这些常常会被忽视的细节，不仅在一定程度上降低远足跋涉本身的难度，也可以让我们这些上班族能以相对较小的体能消耗完成整个行程，为回归世俗生活充分留力，一举两得。

在徒步过程中，我们也在挖空心思为自己省力，例如雇佣背夫就是一个最直接的方法。我们找来了一支1名向导加3名背夫的"庞大"协作队伍，不过由于小K一行人的行程计划比我要多1天，在徒步的第4天我就会跟他们分开行动。这3名背夫的其中1名到时也将随我一起离开，等于是一对一为我服务，其费用也将由我全部负担。

在湖区的某个街头，我按照行规将背夫雇佣费的一半交给了旅行社老板，剩余的一半将在行程结束后支付。这天博卡拉的天空非常给面子，一碧如洗，我看着肆无忌惮洒在街头的阳光，心里想着全程只需要轻量负重，能留更多的体力去摄影和思考，还未上路就已经颇觉轻松写意。

然而，我根本无法预料到，之后会发生一系列由背夫引起的风波。

一路无话，我们在中午时分到达徒步的起点——海拔1070米的路边小镇纳亚普尔，队伍将在这里作徒步之前最后的准备。我看着大家在整理各自种类繁多的装备，一时觉得有些无所事事，便百无聊赖地站在背夫旁边，看他们准备如何用3个人的力量将6只总共重达100公斤以上的大背包背这一路。他们每人的平均负重将达到接近极限值的40公斤。

像这种一个人需要负责运送数人的行李的情况，外貌颇似藏族人的达芒族背夫们会采用一种传统的方法，先用那种摩托车后座上常用的橡皮绳将所有行李结结实实捆在一起，再把它们放进一个巨大的竹篓，这种竹篓内侧有坚固的绳索，但长度明显不是用作手提。绳索的中央缠绕着厚实的布条，背夫们会将身体套进绳索里，再把布条扣在脑门子上，这样便形成一种以头部为支点的背负方式。

采取这种方法是因为仅靠肩膀是无力承受如此巨大的重量的，而且在向上攀登的时候，人的重心是在身体前方，如果采用肩负的方式，数只背包叠加起来的巨大重量势必会使得重心向后拖，负重者必须使出更大的力量去平衡这种重心不稳。而采取"头负"的方式，再用弓背的姿势走路，就能将背包的重心向身体的中轴线转移，大大降低了背夫的辛苦程度。这无疑是最朴素的劳动人民的智慧所在。

不过，对于背夫来说，决定他们这一趟工作辛劳程度的并不是采用何种背负方式，而是遇到主顾的个别情况，因为他们的收入是由出勤天数而非重量来决定的，在1天之

做背夫不能光靠蛮力，很大程度上这也是一门技术活。

内运20公斤还是40公斤，收入完全一样。

有些游客习惯带一大堆行李装备去旅行，哪怕是用到的可能性很小的物件也希望有备无患，恨不得把家都搬过来才过瘾，如果遇到这样的客人，那背夫可就是有苦难言了。而有些譬如我这样的，由于需要自己负担沉重的单反相机，在衣物装备方面就比较喜欢精简，大背包的重量长期控制在非常稳定的11公斤左右，想必做到这样的客户生意会让背夫们满心欢喜。

不少朋友都问过我同一个问题，徒步旅行需要带些什么装备，我觉得这个完全因人而异的问题甚至比宇宙的起源更难回答。要是去问一些玩装备的搬家党，他可能会给你开出一份两页A4纸都打不下的清单，看得你眼花缭乱；若是你来问我，我或许会回答，带上两条健康的腿就够了。

不过，如果你和我一样是在隆冬季节前往安纳布尔纳地区或者萨加玛塔的昆布地区，那么在3000米以上的高海拔区域将面临相当严酷的自然环境考验，仅用身体去硬拼是一种具有风险性的尝试，最低限度的装备还是需要准备好的。

无论是搬家党还是身体党，并没有孰优孰劣之说，毕竟户外活动各有各的玩法，况且我这个回答不是基于玩，而是基于必要性。换句话说，除了两条健康的腿，其他所有的东西可能都不是绝对必要的。

甚至可以说，连健康的腿也可能是不必要的，因为我看到很多饱受膝盖伤势困扰的旅行者依然在山间步履蹒跚地坚持前进，他们携带装备的优劣多寡或许各有不同，但同样都拥有一颗勇敢的心。

我之所以不愿带很多装备，主要原因在于一年里的绝大部分时间我都生活在温暖湿润的长江中下游平原物质条件相对丰富的城市里，过着每天几乎雷同的日子，久而久之，形成一些思维定式或者习惯难以避免。我时常觉得不安或忧虑，尤其是经历过吉隆坡的飞车抢劫后，我觉得看似光鲜的城市化、现代化实则无比脆弱，对它的依赖程度越高，自己也会变得越脆弱。

"11公斤原则"的背后，是我希望尽可能少地将这些城市定式带进山野，尽可能少地去依赖精良的装备，而多利用人本身的能力去面对、解决旅行中遇到的问题。

知识、经验、体力、毅力、判断、沟通、应变、学习等等，以一种开放式的态度去体验别样生活，哪怕时间非常短暂，哪怕过程会相对艰难，但这才是旅行之所以区别于常规旅游的意义所在。

如果想让自己的心灵世界满载而归，那就在出发之前把它清空吧。

博卡拉简要地图

博卡拉白山行指南

机 场

博卡拉机场（Pokhara Airport，PKR）位于湖区东南方向5公里，打车到湖区的价格是200卢比，反之则会稍微便宜一点。机场的规模很小，工作人员懒散的态度令人担忧。如果有需要托运的行李，在办理完登机牌后，建议一定要亲眼确认自己的托运行李被贴上与登机牌号码一致的行李牌。

博卡拉山谷是整个尼泊尔境内降雨量最大的区域，往返于博卡拉与加德满都的支线航班经常会受恶劣天气影响而变动甚至取消，即便是旱季也不能保证万无一失。因此，在规划行程的时候尽量不要太过紧凑，最好是留有一定时间的余地，以免耽误了回国的班机。

在尼泊尔乘坐任何国内航班，在出发前都需要支付200卢比的离境税。而国际航班的离境税则通常已经包含在机票价格中了。

住　宿

　　选择住宿的方式与泰米尔区几乎没有什么差别，在湖区任意选择一家出行方便的就行。一般来说，只有每年徒步最旺季的10月、11月才会出现入住率爆棚的局面，如果选择这个时间段前往则尽量提前预订。

　　随着尼泊尔国内局势的稳定、旅游业的渐渐回暖，湖区每年都会有新的酒店客栈开张营业，这类住宿地的优势在于设施全新、居住环境较好，价格方面可能会略微昂贵一些。不过以我个人的经验，40美元的标准间条件已经足够舒适了。当你经过数日的长途旅行，风尘仆仆地回到博卡拉，在披星戴月地赶回国内继续上班之前，没有什么比一个良好的休整环境更重要了。

　　需要提醒旅行者们的是，由于尼泊尔本身油气资源的匮乏，博卡拉的酒店客栈无论新旧，几乎都是使用太阳能供应热水，换句话说，就是靠天吃饭（加德满都大致也是这个情况），因此当你一觉醒来看到万里无云的蓝天时，先别急着赞叹优秀的空气质量，而是拿起洗漱用品首先冲进浴室洗浴一番才是明智的选择。

商铺林立的博卡拉街头

餐　饮

湖区的主要街道拉特纳普里有鳞次栉比的西餐厅可供选择，不过由于主顾以西方游客居多，价格要比加德满都更贵一些，少数几个环境较为优雅的餐厅还会收取10%左右的服务费。以个人尝试下来的感觉而言，最对胃口的当数Moondance西餐厅，人均消费在400~800卢比之间。

如果你实在不喜欢用刀叉吃饭，那么还有几家中餐厅可供选择，其中最有名的莫过于兰花饭店。可是这里的中餐总让人有一种不伦不类的感觉，口味方面实在让人难以下咽，我个人极力不推荐在湖区吃性价比很低的中餐，除非你完全不吃西餐，否则就算是去路边小店吃一份扁豆汤套餐也要实惠得多。

书　店

湖区几家书店均有出售大量能让徒步旅行爱好者极有败家冲动的地图，几乎涵盖了尼泊尔的各大保护区。这些地图上的图例、地标、注解、海拔非常详细，甚至还标有等高线，制作之精密、数据之严谨令人叹为观止，极具实用价值和收藏价值，价格250~400卢比不等。相比于加德满都和巴克塔普尔的书店，这里的品种是最齐全的，所以有兴趣的朋友一定不要错过机会。

除了徒步地图之外，这里还可以买到尼泊尔绘制的西藏自治区地图（藏语、英语对照）、神山圣湖区地图（附有冈仁波齐峰转山地图）、喜马拉雅山脉的星空地图、大幅标有山峰名称和海拔的雪山长卷、各种以喜马拉雅山脉为主题的台历等周边产品，制作素质同样非常之高，对于热衷此道的朋友而言可谓一场饕餮盛宴，不用多说，赶紧兑换卢比去吧。

由于同一份地图可能有好几个版本，在购买的时候注意封面右上角的编号，尽量选择最新的版本。最大的一家书店就在Moondance西餐馆的对面，建议前往那里购买。

萨朗科

　　位于博卡拉市区以北12公里处，车程约30分钟，可在前一日于博卡拉湖区（Lake Side）联系好出租车，当日一早前往。冬季日出时间在6:40左右，建议5:30出发。出租车往返萨朗科的费用在1000~1500卢比之间，淡旺季价格会有所浮动，离开时需要支付10卢比的进村费，没有门票费用。

　　公路只延伸到山下的停车场，这个位置也能看，不过视角各种受阻，建议沿步道登山，只需走10~20分钟视野就会变得开阔。沿途都是当地居民的住宅和店铺，可随意找一家的屋顶作为观景点，各家之间没有太大区别，不必拘泥于非要爬到山顶。

鱼尾峰如君临天下一般俯瞰着脚下的卡利甘达基河谷

只要邂逅一个好天气，各种飞行器械就会随着太阳的升起开始在空中忙碌起来

空中户外活动

　　如前所述，博卡拉是空中户外活动的国际性圣地，在湖区有不少代理空中户外项目的旅游公司，也可通过客栈或酒店预订，但由于层层加价后可能价格会较高，不是太懒惰的话还是自己去谈价比较合适。滑翔机的合理价位在160美元上下，无动力滑翔伞在80～120美元之间，有30分钟和45分钟两种时间可供选择，如果要求拍摄视频，还需要额外加收20美元。

　　这两个项目由于都是无遮无拦地暴露在天空中，在寒冷的隆冬季节很难飞到离安纳布尔纳峰群很近的地方，秋季或许会是个好选择。如果想看得真切，还是要乘坐观光飞机才行，不过到时只能用眼睛看了。

　　能在空中进行的活动不仅限于无动力滑翔伞（Paragliding），还有有动力滑翔机（Glider，大约160美元）、观光飞机（大约100美元）。如果肯出大价钱，还可以乘坐直升机飞行到安纳布尔纳群峰中近距离观看（大约1000美元），这些费用通常都已经包括了从你入住的酒店接送的服务费用。

办理进山证

要进入安纳布尔纳保护区进行徒步活动，进山通行证和徒步者信息管理卡是必要的手续，在加德满都和博卡拉均可前往ACAP办公室进行办理。进山证相当于门票，价格为2000卢比，徒步者信息管理卡需要用美元支付。如果你通过旅行社雇佣了向导或背夫，价格为10美元，否则需要支付20美元，同时带好两张任意尺寸的证件照片即可。

加德满都ACAP办公室：位于市中心通迪凯尔广场附近，展览路（Exhibition Road）与Durbar Marg这两条街道交会的十字路口东南角的一间红房子里，办理证件需本人前往。从泰米尔区步行过去的话需要穿过非常混乱的核心城区，一定要注意随身的贵重物品。

博卡拉ACAP办公室：位于机场与湖区之间的大坝区。博卡拉市区并不大，建议打出租车或者自行车前往，办理方法、价格与加德满都完全一样。填写登记表的时候并不要求完全准确，但是注意尽量将自己的确切行程予以申报以备不时之需。

费瓦湖

雇佣向导或背夫

可以到博卡拉湖区的主要街道拉特纳普里寻找一家正规的旅游公司进行中介代理。实际上，在博卡拉，高山徒步协作是有固定的圈子的，你随便到哪一家旅游公司，找来的可能都是同一批人。不过，由于竞争激烈以及多年的大浪淘沙，在服务方面已经相当规范，也有严格的行规约束，白纸黑字的合约之下质量是有保障的，不必太过担心被宰。

一定要签订书面的合同，约定服务的起止日期、项目、行走的线路、报价，还有最为重要的费用支付方式，以避免产生不必要的纠纷。向导的价格一般是20美元一天，背夫则是15美元一天，淡旺季会有所浮动。支付费用的方式一般有两种，其一是在出发的时候先支付一半，完成行程后再支付剩下的余款；其二是每天的行程结束后进行日结账。

如果是通过旅游公司雇佣向导或背夫，通常都会采用第一种方式。需要注意的是，这些费用应当支付给与你签合同的旅游公司，而不是向导或背夫本人，至于他们之间如何分成，则不需要我们操心。

只有一种情况下你需要直接把钱交到向导或背夫手里，那就是在行程结束后奖励他们的小费，通行的做法是多给一天的工钱。

我们非常不建议为了贪便宜而自行在街上寻找来历不明的背夫，这样做旅行者本身与背夫的安全、权益都得不到保障，很有可能会因小失大。

前往纳亚普尔

从博卡拉湖区到安纳布尔纳保护区的传统出入口纳亚普尔（Nayapul），尽管距离不远，仅为60公里左右，不过由于需要翻过一个海拔1600米左右的平缓垭口，耗时也相应地比较长。包出租车过去的费用为15~20美元，若选择当地巴士（Local Bus）则可能会耗时2小时以上，虽然更便宜，但两者的价格可能会相差10倍。要是决意体验一把当地公交的话，建议选择一个车顶的位置，那才是原汁原味的尼泊尔特色。

安纳布尔纳保护区的另一个起点是费迪（Phedi），走这个出入口的话，徒步路程会比纳亚普尔略长一些。这两个起点都在同一个方向、同一条路上，费迪离博卡拉更近一些。至于从这两个起点出发有什么区别，我们在下文会进行详细的讨论。

Chapter 4

我闯进了古荣族人的世外桃源

安纳布尔纳保护区生态环境保护之出色完全超乎想象

Trekking，火于徒步旅行

去尼泊尔旅行，如果不把自己扔上天空几次，固然是一件很遗憾的事，但要是不去山野之地走走，只是待在海拔较低的城市里，那就无法领略到尼泊尔，乃至喜马拉雅山脉南坡的真正魅力所在。

与尼泊尔让人心寒的城市环境相比，尼泊尔的山区更像是一个超凡脱俗的国度，那里既没有嘈杂的人群，也没有随处可见的垃圾，静谧的村庄、远处连绵的雪峰、来自不同国度身着各种奇装异服的徒步者就是它的全部。在国内我们总是说这个净土、那个净土，可身临其境之后就不得不承认，没有哪片净土能与尼泊尔的喜马拉雅山区相提并论。

当然，这很大程度上要归功于环保机构和环保人士不遗余力的努力。以我们前往的安纳布尔纳保护区为例，它建立的时间是1985年，那时的我还是个学龄前儿童。以我沿途实地观察的情况来看，作为一个热门的旅游景点而言，其生态环境的保护之好令人惊叹，无论是村落的小型水力发电机，还是保护区周边形成缓冲带的社区森林等措施，无一不体现出人与自然和谐相处之道。

　　如今，安纳布尔纳保护区计划是由尼泊尔国内的国家信托自然保护基金（National Trust for Nature Conservation, NTNC）来进行管理。它是一个非政府组织，并获得了加拿大、英国、日本等东西方国家的技术和资金援助。在这种可持续发展理念的带动下，尼泊尔便成了世界上顶级的徒步旅行（Trekking）目的地。

　　对于Trekking（徒步旅行）的意义，很多人并不十分了解，很多朋友一听说我要去尼泊尔徒步就会不解地问一些令人很难回答的问题，比如，你为什么要花那么多钱到山里面去吃苦？

　　由于不少媒体在宣传上将"徒步"的概念很不严谨地专业化，以至于有人一听到"徒步"二字就会条件反射式地打退堂鼓，因为他们单纯地将徒步想象为枯燥乏味地背着个沉重的大背包去走路，像是一种纯粹的吃苦自虐、花钱买罪受的行为。那么对于一些平时工作、生活本身就非常辛苦，希望借着难得的假期休闲放松的人而言，在对徒步旅行缺乏了解的情况下，自然就退避三舍了。

　　但实际情况真的是这样吗？答案显然是否定的。实际上，"徒步"是个广义的概念，它包含了非常多的形式，根据时间跨度、行走距离、活动地点等多种因素的不同，我个人把它分成三个种类。

　　比较初级的徒步形式，我们一般称之为"健行（Hiking）"，例如，国内知名的背包客网站——磨房网，它的域名就叫作"你徒步吗（Do you hike）"。健行通常代表一些强度较低的户外行走活动，持续时间一般不会超过2天，轻量负重或者不负重，行走的区域也都会有建设良好的设施以及后勤保障条件。

　　健行是一种老少咸宜、涵盖范围非常大的徒步形式，比如你吃完饭到外面去散个步、周末到公园去走一圈，又比如你去杭州西湖环湖步行游览，甚至去阿尔卑斯山麓走一圈，这些都可以称为健行。

　　徒步活动是一种民间开展的旅行方式，因此最高级别的徒步形式并没有定论或公论。我个人的观点应该是野外探险（Wild Adventure），指的是在完全或者接近没有后援的情况下，以自力负重所有装备和给养的方式，长距离徒步穿越一些气候条件多变、自然环境恶劣，且人迹罕至，足以对生命安全造成威胁的区域，需要参与者具备相当高的野外生存技能、丰富的知识储备和强大的身心素质。

较为典型的例子，比如中国新疆的狼塔河源峰C线，纵穿天山的夏特古道，西藏波密的墨脱线，川南滇北的木里、亚丁线，都可以勉强算是野外探险式的徒步。判断野外探险的标准有两个，第一是活动在无人区或者准无人区进行，第二就是不能有随行的车队、驼队、牦牛队这种后勤保障措施，只要不符合其中一项，就不能称之为野外探险。

我们再回过头来看Trekking，这个单词来自荷兰语，翻译过来就是徒步旅行，但这个词还有"长途跋涉"的意思，所以，可以将其看作一种开展难度介于健行和野外探险之间的徒步形式。

与健行相比，Trekking的持续时间和距离要长得多，并且需要应对完全天然的复杂地形、气候变化，对参与者的持续作战能力将形成一定的考验。而与极端艰险的野外探险相比，Trekking一般不会在无人区进行，这就意味着随时可以寻求支援和帮助，也基本不需要风餐露宿，生命基本不会受到威胁。

由此，我们可以对Trekking下一个较为准确的定义，即持续3天以上，步行距离较长、海拔跨度较大，有一定量的负重，需要应对较为复杂多变的地形和气候，有后勤保障和辅助支援手段，且不以登上山顶为目的的徒步旅行。

有人或许会想，满足这一大堆条件的地方还真是不好找。确实，如果斤斤计较到要把这些条件全部严丝合缝地对上，那么可以说，世界范围内可能只有尼泊尔的喜马拉雅山区才是完全符合"徒步旅行"标准的目的地。

这就是为什么尼泊尔被称为"徒步者天堂"的原因，而"Trekking"这个单词所提示的徒步旅行，在大部分场合都是特指在尼泊尔的喜马拉雅山区进行的长途跋涉活动。

在理解了徒步旅行的意义之后我们就会知道，将Trekking与吃苦自虐画上等号是一种很严重的误读，它并不崇尚，甚至反对自虐式、充军式的暴走刷数据行为，其真正的核心价值是体验与交流。

喜马拉雅山区的徒步旅行，实际上是一种相当特殊的体验式旅行，因为在世界范围内你几乎找不到第二个具备同等条件的场所。在尼泊尔的自然保护区，有纯净的空气、清洁的绿色食品、完善的后勤保障、几近原生态的自然环境，以及常伴你左右如众神降临一般的喜马拉雅皑皑冰峰，你能将身心最大限度地与大自然融为一体，更有与不同种族交流文化和思想的机会，这些都是在普通的旅行中难以获得的体验。

如果这也能算吃苦——当然，如果你如我之前所说的，对所谓的现代化城市生活非常依赖，或者希望每天都住宽敞气派的五星级酒店，随时随地都能有WIFI上网刷微信，踩惯了油门刹车已经不习惯步行，每顿都要山珍海味伺候着，上个厕所都要有声控带冲洗的马桶的话，那确实算吃苦，喜马拉雅山是给不了你这些的。

"徒步天堂"安纳布尔纳

　　毫无疑问，在尼泊尔知名度最高、前往游客人数最多的两个区域，当然是萨加玛塔国家公园（Sagarmatha National Park）和我们已经站在它门口的安纳布尔纳保护区（Annapurna Conservation Area）。

安纳布尔纳保护区徒步线路总示意图

其实，在尼泊尔可以徒步旅行的区域多如牛毛，如果不想去这两个热门区域，而希望找一些冷僻的线路，当然没有任何问题。唯一的麻烦在于，除了萨加玛塔国家公园和安纳布尔纳保护区之外，其他区域的中文资料几乎是空白状态，需要借助一些英语资料。

例如，马纳斯鲁峰保护区、道拉吉里峰周边、干城章嘉峰保护区等这些都是可以进行徒步旅行的，可直接走到大本营或者走环线，各种组合、各种选择悉听尊便，只不过后勤保证可能不那么完善，目的地的交通也不十分便利罢了。

尽管尼国徒步线路很多，但我们也不需要试着去一口气吃成个胖子，本书的主要内容始终会围绕我在安纳布尔纳保护区的徒步旅行经历展开。而在本书的末尾，我会尽自己所知，再为读者介绍一些尼泊尔境内的其他徒步线路。

整个安纳布尔纳保护区从博卡拉北部的卡斯基郡（Kaski District）一直延伸到中国西藏自治区仲巴县边境，是个面积超过7600平方公里的巨大区域，其中大部分为山地，居住着超过10万的居民。根据尼泊尔官方提供的统计数据，截至2011年，到这里徒步的累计人数已几乎突破原住民人数，达到了99296人。

当然，考虑到10年战争的因素，这些旅行者大多数都是在战争结束后的2006年之后到来的，按这个基准来计算的话，每年到安纳布尔纳保护区徒步旅行的游客有1万多人。不过，如果我们对尼泊尔的政治环境、社会秩序的发展前景抱着乐观态度，这个数字应该会呈现逐年上升的趋势。

安纳布尔纳保护区作为尼泊尔历史最长、开发最成熟、难度又比较适中的徒步旅行目的地，无论国内还是国外，前往的旅行者数量都是尼泊尔国内所有保护区中最多的。目前，保护区内主要的徒步线路有以下几条。

安纳布尔纳保护区主要徒步线路		
线路名称	行程内容	平均耗时
安纳布尔纳大环线 （Around Annapurna）	围绕安纳布尔纳峰群外围的转山徒步活动	15天
甘杜克、戈雷帕尼环线 （Ghandruk Ghorepani Circuit）	前往海拔3200米的布恩山观景台	3~4天
安纳布尔纳圣地 （Annapurna Sanctuary Area）	前往海拔4130米的安纳布尔纳大本营	7~9天
上木斯塘 （Upper Mustang Trek）	前往卡利甘达基河谷上游、与中国西藏自治区仲巴县接壤的藏族聚居地木斯塘地区	7天
提里措峰（Tilitso Peak Trek）	大环线的支线，前往安纳布尔纳一号峰北侧山脚的提里措湖	7天以上
玛南（Manang）	大环线的支线，前往安纳布尔纳峰群北侧海拔6031米的超级观景台皮桑峰	10天

单就一个区域而言，为数众多的徒步线路可能会让人看得眼花缭乱，但是千万不要被这些看似复杂的线路迷惑，线路纵然千变万化，然而万变不离其宗，基本上都是由几条主要线路派生或者选取其中的一段。无论是只有一天，还是有一个月，都可以找到适合自己的徒步线路，而且，景观较好的点（View Point）也就那么少数几个，任何线路都不外乎这些点之间的串联。

安纳布尔纳圣地徒步线路示意图

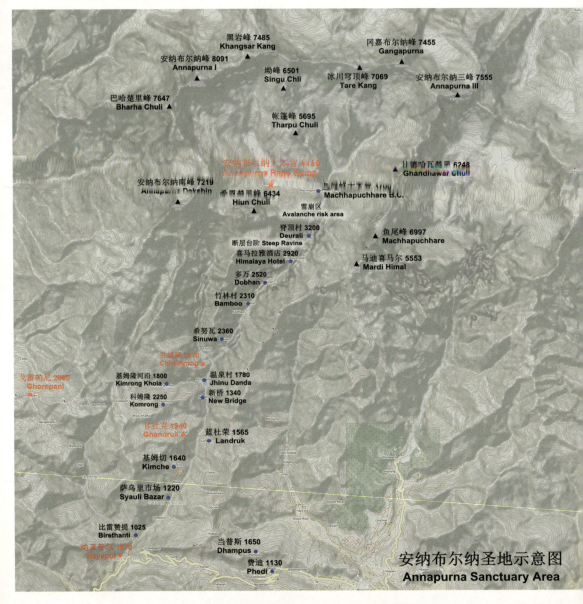

在安纳布尔纳保护区的所有徒步线路中，景观重量级最高、体验最丰富的无疑是安纳布尔纳大环线，不过这条线路耗时较长，想去好好走一遍的话就是辞职的节奏了。因此，我所选择的线路是另一条比较主流的前往安纳布尔纳圣地（Annapurna Sanctuary Area）的徒步线路。其最终的目的地是海拔4130米的安纳布尔纳登山大本营（Annapurna Base Camp），这条线路也俗称ABC，这个叫法是全球通用的。

选择徒步活动的季节

尼泊尔的喜马拉雅山区属于高原山地气候，夏季会受到季风影响，全年也很明显地分为旱季（10月至次年5月）和雨季（6月至9月）。通常而言，适合徒步的季节是旱季，不过对于长达7个月之久的旱季而言，其间每个月的情况也会有显著的不同。以下表格提示了安纳布尔纳保护区一年之中各个月份的特点。

安纳布尔纳保护区季节气候特点		
月份	气候特点	徒步适宜程度
12月至次年2月	平均气温最低的隆冬季节，海拔2000米以下的低山区和河谷盆地温暖如春，而海拔3000米以上的高山区积雪覆盖，昼夜温差达到30摄氏度以上，旅行者将会受到从酷热到严寒的巨大温差变化和雪地跋涉的严峻考验。	适宜
3月至5月	该季节阳光几乎直射到保护区所处的纬度，低海拔区域的气候会非常炎热，干燥的天气形成漫天尘土，使得空气不再那么通透。高海拔区域的积雪开始消融，使得徒步的难度显著降低，游客也较为稀少。	尚可
6月至9月	印度洋季风所带来的频繁降雨会让喜马拉雅群峰长时间地躲藏在云雾之中，一睹真容的几率相当之低。受到雨季影响的不仅仅是观景的效果，也会引发如山洪之类的地质灾害。	不适宜
10月至11月	在持续数月的雨季中被冲刷得一干二净的喜马拉雅风光终于开始显山露水，上佳的空气质量非常适合摄影、天体观测和徒步活动的开展。此时高海拔区域没有积雪，在使得徒步的难度不高的同时，却也让雪山的景色略显平庸。	适宜
总结	若论景观的震撼程度，无疑是雪线最低、天气又不算极冷的12月和2月，不仅有无敌雪景，更可以领略到喜马拉雅南坡巨大海拔落差之下地理环境及物种分布的多样性，游客数量也比最旺季的10月、11月要大大减少。 但相应的代价是，徒步的难度也是历月中最高的，要做好防寒保暖、雪地跋涉以及应对比想象中更复杂的地理环境变化的准备，需要携带的装备数量也是历月之最。	

必要的装备

由于季节、线路、旅行时间等各种因素的影响，每个人所携带装备之间的差别可能非常之大。需要解释一下的是，此处所列出的装备清单是以前往安纳布尔纳大本营为例，依据旱季和雨季的差别，所需携带的最低限度的必要装备。

前往安纳布尔纳大本营的徒步装备			
装备名称	10月至11月	12月至次年2月	3月至5月
一、承载装备类			
40升以上大型背包	●	●	●
20升以下小型背包	○	●	○
腰包或挎包	○	○	○
二、服装类			
重型冲锋衣（羽绒服）	○	●	○
轻型冲锋衣（羽绒服）	●	×	●
重型防水冲锋裤	○	●	○
快干型功能裤	●	○	●
抓绒衣	○	●	○
抓绒裤	○	●	○
快干型内衣裤	●	●	●
三、鞋类			
重型高帮登山靴	○	●	○
普通登山鞋	●	×	●
塑料拖鞋	●	●	●
四、户外配件			
5~15摄氏度睡袋	●	×	●
5摄氏度以下睡袋	○	●	○
帽子或防风面罩	×	●	×
围巾	○	●	○
手套	○	●	○
袜子多双	●	●	●
护膝、护踝	○	○	○

（续上表）

装备名称	10月至11月	12月至次年2月	3月至5月
五、其他装备			
登山杖	○	○	○
手电或头灯	●	●	●
帐篷灯	○	○	○
冰爪	×	○	×
炉头、气罐、烧水壶	×	○	×
保温水壶	●	●	●
打火机或火柴	●	●	●
户外刀具、剪刀等	●	●	●
墨镜	●	●	●
雪镜	○	●	○
逃生绳索	○	○	○
雪套	×	○	×
便携饮水袋	○	○	○
雨具	●	●	●
取暖贴	○	●	○
六、药品类			
创可贴	●	●	●
云南白药喷剂	○	○	○
止泻类（黄连素等）	●	●	●
感冒药（氨非咖敏等）	○	○	○

（注：●为必备，○为选择性配备，×为不需要或不适宜配备）

去安纳布尔纳大本营需要多少时间

关于走完安纳布尔纳圣地到底需要几天，是网络上常常讨论的一个问题，其实这也需要根据季节、徒步者选择的起止点、自身所拥有的时间，以及徒步跋涉的个人实力等来判断，影响因素相当之多，不能一概而论，我们同样可以用列表的形式来给出一些参考。

前往安纳布尔纳圣地的各类数据指标

项目名称	10月至11月	12月至次年2月	3月至5月
标准时间 （以往返博卡拉为准）	7天	8天	7天
极限最速时间	5天	5~6天	5天
累计上升和下降 （以往返纳亚普尔为准）	各4600米		
累计徒步距离 （以往返亚普尔为准）	80公里		
海拔最高点	安纳布尔纳大本营（Annapurna Base Camp），4130米		
海拔最低点	比雷赞提村（Birethanti），1025米		
极端最高体感气温	30摄氏度以上，海拔2000米以下，晴朗昼间		
极端最低体感气温	6摄氏度以下，海拔3000米以上，晴朗夜间		
每日标准花费	1500卢比，折合15美元，不含向导和背夫		
向导和背夫费用	向导每天20美元，背夫每天15美元		
徒步起点一	纳亚普尔（Nayapul），海拔1070米		
徒步起点二	当普斯（Dhampus），海拔1650米		
乔姆隆之前走法一：甘杜克线	纳亚普尔（Nayapul）—比雷赞提（Birethanti）—基姆切（Kimche）—甘杜克（Ghandruk）—基姆隆河（Kimrong Khola）—乔姆隆（Chhomrong）		
乔姆隆之前走法二：莫迪河谷线	纳亚普尔（Nayapul）—比雷赞提（Birethanti）—萨乌里市场（Syauli Bazar）—库米（Kyumi）—新桥（New Bridge）—温泉村（Jhinu Danda）—乔姆隆（Chhomrong）		
乔姆隆之前走法三：蓝杜荣线	费迪（Phedi）—当普斯（Dhampus）—托尔卡（Tolka）—蓝杜荣（Landruk）—喜马帕尼（Himalpani）—温泉村（Jhinu Danda）—乔姆隆（Chhomrong）		
乔姆隆之后统一走法：莫迪河谷线	乔姆隆（Chhomrong）—乔姆隆河（Chhomrong Khola）—希努瓦（Sinuwa）—库尔迪加（Kuldhigar）—竹林（Bamboo）—多万（Dovan）—喜马拉雅（Himalaya）—脊顶村（Deurali）—鱼尾峰大本营（MBC）—安纳布尔纳大本营（ABC）		
安纳布尔纳保护区四大休息站	甘杜克（Ghandruk） 蓝杜荣（Landruk） 乔姆隆（Chhomrong） 戈雷帕尼（Ghorepani）		

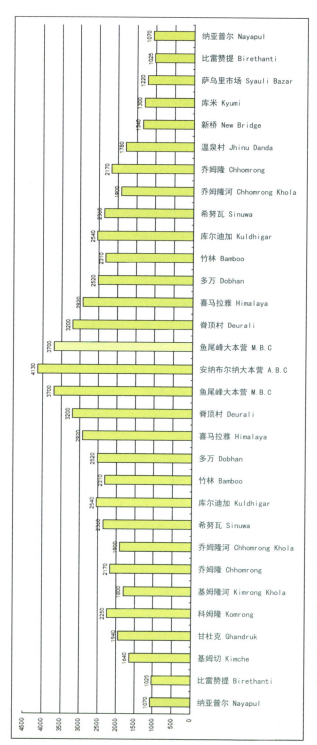

柱状图中数据标签（自上而下）：

纳亚普尔 Nayapul　1070
比雷赞提 Birethanti　1025
萨乌里市场 Syauli Bazar　1220
库米 Kyumi　1300
新桥 New Bridge　1340
温泉村 Jhinu Danda　1780
乔姆隆 Chhomrong　2170
乔姆隆河 Chhomrong Khola　1900
希努瓦 Sinuwa　2360
库尔迪加 Kuldhigar　2540
竹林 Bamboo　2310
多万 Dobhan　2520
喜马拉雅 Himalaya　2920
脊顶村 Deurali　3200
鱼尾峰大本营 M.B.C　3700
安纳布尔纳大本营 A.B.C　4130
鱼尾峰大本营 M.B.C　3700
脊顶村 Deurali　3200
喜马拉雅 Himalaya　2920
多万 Dobhan　2520
竹林 Bamboo　2310
库尔迪加 Kuldhigar　2540
希努瓦 Sinuwa　2360
乔姆隆河 Chhomrong Khola　1900
乔姆隆 Chhomrong　2170
基姆隆河 Kimrong Khola　1800
科姆隆 Komrong　2250
甘杜克 Ghandruk　1940
基姆切 Kimche　1640
比雷赞提 Birethanti　1025
纳亚普尔 Nayapul　1070

安纳布尔纳圣地徒步海拔变化柱状图

从上面的数据和海拔变化柱状图，我们可以总结出ABC线路的三大特点：

其一，就是徒步的前半段存在多种走法，但无论哪种走法，都会在乔姆隆（Chhomrong）会合，之后从乔姆隆到大本营的路线是完全一致，无论是进入还是下撤，这是一段不可避免的回头路。

其二，在整个徒步过程中并非一马平川，海拔也并非单纯地一路向上攀升，山峦叠嶂的地形使得旅行者需要反复在山巅和河谷之间进行爬升和下降，尤其是在徒步的前半程，这种特点会相当明显。所以，简单地看各个节点的海拔高度，或者单纯地把两个点之间的海拔相减，是没有任何意义的。

其三，从博卡拉的海拔仅千米到大本营的4130米，安纳布尔纳圣地徒步线路在短距离内极其巨大的海拔落差，使得气候、地形地貌及自然环境在徒步过程中将不断发生剧烈变化，例如一天的温差可能会在30摄氏度以上，对于旅行者的适应能力是一定的考验。

行程日期	行进方向及攀升、下降情况	难度系数（3月、4月、5月、10月、11月）	难度系数（1月、2月、12月）	爬升、下降情况
	前往安纳布尔纳大本营究竟有多困难			
第一天	纳亚普尔（Nayapul） ↘ 比雷赞提（Birethanti） ↗ 基姆切（Kimche） ↗ 上甘杜克（Up Ghandruk）	★★	★★	爬升915米 下降45米
第二天	上甘杜克（Up Ghandruk） ↗ 科姆隆（Komrong） ↘ 基姆隆河（Kimrong Khola） ↗ 乔姆隆（Chhomrong）	★★★	★★★	爬升680米 下降450米
第三天	乔姆隆（Chhomrong） ↘ 乔姆隆河（Chhomrong Khola） ↗ 下希努瓦（Down Sinuwa） ↗ 上希努瓦（Up Sinuwa） ↘ 竹林（Bamboo） ↗ 多万（Dobhan）	★★★☆	★★★☆	爬升850米 下降500米
第四天	多万（Dovan） ↗ 喜马拉雅（Himalaya） ↗ 脊顶村（Deurali） ↗ 鱼尾峰大本营（MBC） ↗ 安纳布尔纳大本营（ABC）	★★★	★★★★★	爬升1610米
第五天	安纳布尔纳大本营（ABC） ↘ 鱼尾峰大本营（MBC） ↘ 脊顶村（Deurali） ↘ 喜马拉雅（Himalaya） ↘ 多万（Dobhan） ↘ 竹林（Bamboo）	★★	★★★☆	下降1820米
第六天	竹林（Bamboo） ↗ 上希努瓦（Up Sinuwa） ↘ 乔姆隆河（Chhomrong Khola） ↗ 乔姆隆（Chhomrong） ↘ 温泉村（Jhinu Danda）	★★☆	★★☆	爬升500米 下降1030米
第七天	温泉村（Jhinu Danda） ↘ 新桥（New Bridge） → 萨乌里市场（Syauli Bazar） ↘ 比雷赞提（Birethanti） ↗ 纳亚普尔（Nayapul）	★★	★★	爬升45米 下降755米

经过了上述这么多准备工作以及出发前对情况的了解，对于安纳布尔纳保护区的大致框架以及这条徒步线路的基本特点我们算是胸有成竹了。办完了进山证和徒步者信息管理卡后，我们随时都可以前往保护区进行徒步活动。

在这里我再谈一下是否需要雇用向导和背夫这件事。由于各人实际情况有所差异，我只说两点供大家参考。

第一，在安纳布尔纳保护区内，沿途每一个休息站都有明显的指示标志和地图看板，也不存在任何无人区，迷路的可能性微乎其微；第二，该保护区内除了某些特定区域、特定季节存在雪崩的隐患外，平时都非常安全，连小偷小摸都极为少见，几乎没有任何自然环境或治安方面的潜在威胁。

我个人认为只有在一种情况下才有雇用向导或背夫的必要，即携带了大量的行李装备，以一己之力无法负担。相应的代价就是吃饭和住宿都要在向导（或背夫）指定的地方进行，牺牲了一定的自由度。

根据实地观察到的情况，即使是独行也不存在什么危险，不仅可以自由安排每天的进度，随机选择落脚点，就算想要结伴，一路上也随处可以找到同行者——实际上，我遇到的相当多的人都是独自前往，又或者在中途结伴而行的。而结伴的前提是，你们的行进速度要大致相仿。

轮休制的古荣族村落

纳亚普尔（Nayapul）— 比雷赞提（Birethanti），1070米↘1025米，30分钟

纳亚普尔至甘杜克徒步地图

　　纳亚普尔是一个基于安纳布尔纳保护区徒步旅行的起点身份而发展起来的路边小镇，不过由于风光乏善可陈，除了在这里作一些徒步之前的最后整备之外，几乎没人会选择在此处停留，因此显得有些冷清。小镇是长途公交的终点站，公路边也有不少等候即将结束行程的游客返回博卡拉的出租车，一些聊胜于无的纪念品商店就不必逛了。

　　我们在整理完毕之后，直接沿着莫迪河谷向山谷深处出发。莫迪河由安纳布尔纳主峰群的三条大型冰川融水汇聚而成，是整个保护区内最大的冰川河之一。此后，我们将溯源而上，沿着此河一直走到群山深处的大本营。

　　沿着河谷边的简易公路走了差不多30分钟，就到达了第一个分岔路口比雷赞提（Birethanti）。这是一个客栈不会超过3家的小型集散点，地标性的建筑物是莫迪河上的大铁桥。

（上图）过了比雷赞提的大铁桥，就正式进入了安纳布尔纳保护区范围内

（下图）向左走？向右走？

　　旅行者们会在这里面临向左走还是向右走的抉择，左行是去往戈雷帕尼（Ghorepani）的布恩山，那是一座海拔3200米、视野开阔的山峰，在那里可以同时看到道拉吉里峰和安纳布尔纳一号峰。而我们的方向则是沿着莫迪河继续右行前往大本营。

关于比雷赞提（海拔1025米）

山间小屋：拉克什米小屋（Laxmi Lodge）

机构：安纳布尔纳保护区检票站（ACAP Check Post）

要点：如今，简易公路已经从比雷赞提修到了基姆切和萨乌里市场，这应该是为了方便山区居民外出而实行的举措，不过从客观上也为游客提供了便利。推荐选择Local Jeep解决掉这段没什么风景可看、走起来又挺费劲的虐人缓坡，车程1小时左右。

很多朋友都对这段路中各个站点的位置情况存有疑问，其实很简单，公路从比雷赞提出发，一直沿着河谷前行，海拔缓慢上升，中途会再遇到一个三岔路口。离开大路往前走是萨乌里市场，继续沿着大路往上方开到尽头是基姆切。如果选择徒步，路线是一模一样的。

若雇用了向导和背夫，可以在雇用的时候就要求他们到时去找车，一般情况下应该没什么问题。自行前往的话就要碰运气了，好在搭车费用估计也不会太贵，毕竟这个车实在是破得有点惨不忍睹。

基姆切（Kimche）—甘杜克（Ghandruk），1640米↗1940米，2小时

要致富，先修路，这个道理不仅仅只有中国人民懂得。安纳布尔纳保护区已然今非昔比，公路修到了理论上极限的位置。如此一来，从博卡拉市区出发到保护区位置最好的观景点之一甘杜克，一路顺利的话，连行车带徒步总共仅需要5~6个小时，对于体力不佳或时间不充裕的朋友而言，绝对是值得一试的安排。

在简易公路的尽头下车，便是三三两两散落在山间的民居，它们属于海拔1640米的基姆切村。附近的地势已经变得开阔起来，我们穿过一些小型山间梯田的田埂，沿着紧靠悬崖却并不算难走的青石板路向上攀登，真正的徒步从这一刻才算真正开始。

基姆切村口的停车场，一群下山的游客正在和吉普车的车主砍价

（上图）马帮至今依旧活跃在交通不便的安纳布尔纳山区

（下图）第一天的徒步并没有受到很严峻的考验

　　不过，由于以车代步解决了大部分的行程，我们第一天可谓轻松得过分，不紧不慢地走了2个小时后，密集的房屋渐渐出现在视野中，这就是安纳布尔纳保护区中规模最大的村落——甘杜克。

　　它位于四大村落的正中心，向西可以经塔达帕尼（Tadapani）前往戈雷帕尼的布恩山，向东隔着莫迪河谷与蓝杜荣相望，往北继续前进能到达处于安纳布尔纳圣地门户位置的乔姆隆，是本区域内所有徒步旅行线路上的必经之地。

　　甘杜克拥有数量众多的山间小屋（Lodge）和客栈（Guest House），可并非每个住处都有好的景观。因此，刚进入村子的我们并没有获得松一口气的机会，我们将继续向上攀登，去到整个甘杜克村的最高点——上甘杜克（Upper Ghandruk），并在那里找地方过夜。

　　在尼泊尔北部的喜马拉雅山区，较大的地形起伏使得可利用的空间有限，生活在山区的人们居住得相对分散，群山之中的农户如同点点繁星。有些村民可能同属一个村子，但由于地形的限制，有些生活在高处，有些则在低处，久而久之便形成了诸如甘杜克这样分为上村（Up Ghandruk）和下村（Down Ghandruk）。这种情况非常多见。在中国国内的山区尤其是西南云贵高原地区也能看到类似的情况，比如黔东南的某些苗族、侗族村寨，会很清楚地区分为上寨和下寨。

　　我们几乎花费了30分钟才穿过了这个不是一般大的村子。由于时值隆冬季节，不少村民都转移到了海拔较低的地方，整个村子异常冷清，一路上几乎见不到什么人。更不幸的是，当我们好不容易走到了村子里海拔最高、视野最开阔的大草甸，却被告知计划中要入住的雪域客栈（Snow Land Lodge）居然闭门谢客。

　　计划选择这家客栈的原因在于，它的门前有一片巨大的草坪开阔地，面朝着的北面、东北、东面都是毫无遮挡，是一处天然的全景平台。站立草坪之上，北方天际高耸入云的安纳布尔纳南峰、希恩楚里峰和东北方傲然侧立的鱼尾峰都是触手可及般近在眼前。毫不夸张地说，这是前往安纳布尔纳大本营一路上景色最为壮观的一处观景平台。

上甘杜克村是一个远离商城市喧嚣的静
谧之所，巨大的安纳布尔纳南峰似乎触手
可及

　　无奈之下，我们只能选择另一家距离大草坪略远的山间
小屋安顿了下来。闲暇之余，我询问向导桑托斯雪域客栈为
什么不营业，得到的回答却出乎意料。

　　原来，每年12月到次年4月是安纳布尔纳保护区传统上
的淡季，游客数量相比于火爆的10月、11月会较大幅度减
少。因此，在传统淡季，如甘杜克这样客栈较多、接待能力
超强的大休息站是无法满员入住的。

　　在这种情况下，如果家家户户都开门营业抢生意，那将
是一种虚耗人力物力的浪费资源行为。至于如何解决这个矛
盾，身为村子主人的古荣族人（Gurung People）采取了一
个最简单有效的办法——轮流坐庄。

　　我们可以做个简单的假设，比如整个村子的接待能力是
1000人，而根据ACAP办公室的历史统计可以轻易知道淡季的

月均客流量，假设是500人，那么村里只要有一半的客栈开门营业就足以应对了，另一半放假的人可以去低地务农，或者去城里寻找别的工作机会。到了下个月，两拨人再相互替换。可以说，这是最公平也是最人性化的操作方式。

　　根据墨菲定律，在有若干种可能性的情况下，事情一定会变成最糟糕的那种。再好的方法，也是需要靠人去执行的。好比上述这个方法看上去很美，没有任何一方利益会受损，但若是放在别的地方，很可能会因为某些原因而最终验证了墨菲定律。但在淳朴的古荣族人这里，这个方法得到了很好的执行。

　　这就不得不提到甘杜克的聚居民族古荣族人了，区别于生活在加德满都谷地、皮肤黝黑，与印度人非常类似的巴浑族、沙提族，外貌颇似藏族人的古荣族是一个标准的山地民族，大名鼎鼎的廓尔喀士兵就来自古荣族，他们的居住地分散分布在尼泊尔北部的喜马拉雅山区。

　　而历史记载上也模糊地显示，古荣族人最早可能来自中国西藏的阿里地区，他们或许是象雄人或者古格人的后裔。旅途中在安纳布尔纳保护区内的某些村落，我也曾好几次偶尔看到用藏语撰写的经文和标语。

　　如今尼泊尔有350万古荣族人，几占全国人口的1/6，这甘杜克的区区数万实乃冰山一角。古荣族人中70%以上是藏传佛教的信徒，而28%是印度教徒，余下的小部分则真相不明，或许他们早已皈依了尼泊尔的另一大"宗教"——旅游教，而毫无疑问的是，他们就生活在做生意机会最多的安纳布尔纳保护区。

◎ 上甘杜克的星光与晨曦

古荣族人对于不同季节客流量的判断确实是很准确，当天晚上整个上甘杜克除了一些零星的独行客之外，我们算是阵容最庞大的队伍了。入夜之后，寒意逼人的村子里悄无声息，好在雪域客栈门前的大草坪上开了一盏铮亮的大灯，使得周边环境不至于伸手不见五指，否则只有回屋睡觉这一种选择了。

眼看时间尚早，此时的气温也不算太低，我就盘算着趁有灯光照路，去大草坪拍星空消磨时间，同样希望学习一下星空拍摄方法的小K、Mandy由告后随我同行。实际上，作为第一次结伴的队友，在相互并不了解的情况下，此前的半天，人我们基本上少有交流。

对此我倒并没有觉得尴尬，在过去10年的旅行经历中，尽管也遇见过各种各样的人，尝试过各种人数的队伍组合，与无数萍水相逢的朋友结过伴，走过或长或短的时间、距离，尽管每次的情况各不相同，但有一点是一致的，那就是在旅行结束之后，基本上很难有机会再见到对方。

可能有人会问为什么。一方面是由于我的性格比较独立，甚至有点孤僻，对于独处或独行我并不畏惧。另一方面，我觉得即便是队友，本来都是生活在不同世界的平行线，只是因为旅行这个舞台才有了交集，当旅行结束后，每个人始终要回归属于自己的世界，交集当然也就随之消失了。

从形同陌路到患难与共，从共同进退再到形同陌路，这样的经历固然令人颇为感慨，但不正是因为知道终究要告别，才显得结伴为队友的日子更加值得珍惜么？

正因为有这样的想法，我在旅途中一般都会对队友毫无底线地宽容，基本有问必答、有求必应。而且我比较喜欢与那种勤奋好学的人交流，或者教他们一些自己所擅长的事物，而这类人的认真会很大程度上让我断绝偷懒的念头。无疑，想学习星空拍摄方法的Mandy就是这样的人。

拍摄星空并没有多么高深的技术要求，无非是找个支点架好相机，用大光圈、慢速快门进行长曝光而已。比较高档的单反相机可能会提高照片的质量，但归根结底是要有耐心，受得住冻。

之所以这么讲，是因为当今社会现代化程度越来越高，无论大小城镇都是严重的光污染，能拍摄星空的地方通常都远离人口聚居区，是比较偏远的人迹罕至之地，而在高海拔地区这样的机会就更加多一些。

我在旅行中看到过的最美丽的星空，是位于西藏自治区定日县的珠峰北坡大本营，那是一种如同在水面上闪耀着夕阳一样波光粼粼的"水波星空"，带给人的震撼无法用语言形容。

然而，在那种环境下，人在室外猛烈的低温狂风之中很难坚持哪怕1分钟。我们常说付出和收获是成正比的，这个说法至少在拍摄星空的领域是成立的，星空越漂亮，就意味着你身处的环境越恶劣。

再者，就我们这样普通的旅行者而言，不太可能像某些专业摄影师那样简单粗暴地对待自己昂贵的器材，把相机立在室外，打开定时器然后回屋睡觉，我是万万舍不得的，所以免不了陪着一起挨饿受冻。

所幸，上甘杜克的夜晚还不至于让人狼狈到这种程度，毕竟这里海拔不足2000米，地形是西侧靠山坡，北、东、南三面均有较为开阔的视野，在冬季的晴朗夜晚，在北方的天幕中可以看到巨大的北斗七星（大熊星座），在20~22点的黄金时间档还可以看到以轩辕十四（狮子座α）为核心的狮子座头部大镰刀。

而在南方天空更可谓众星云集，在天幕中心领衔登场的是以参宿四（猎户座α）、南河三（小犬座α）、天狼星（猎犬座α）三颗亮星组成的冬季大三角，它们是冬季南方天空最显著的标志，即使是在光污染严重的大城市也能看到它们的身影。位于天顶的黄道与冬季银河呈T字形排列，黄金时间位于黄道之上的是在猎户座光辉下略显暗淡的双子座，以及不太完整的金牛座。

璀璨的星空会让人不自觉地颤抖，对于我们这些长期生活在都市中的人而言，颤抖过后就是内心的隐隐作痛。自打呱呱坠地起，我们就被历史、家庭、周遭的环境不断推动着，在忙碌中走向终点，似乎所做的、该做的一切都是与生俱来、不可抗拒，但是在这一刻，在这个抬头就能看到无穷宇宙的地方，我却觉得作为人类，思索自己到这个世界来的意义的冲动才是真正不可抗拒的。

星光灿烂带给我们的另一个信息是，第二天很大概率会是个好天气。次日起来一看，果不其然。当然，在出发之前，我曾利用手机天气预报软件持续跟踪观察加德满都和博卡拉地区的旱季天气变化情况，几个月下来基本摸清了规律。

尼泊尔位于南亚次大陆的北部边缘，属于典型的海洋性季风气候，北部喜马拉雅山区还会混杂进一些高原山地气候中特有的局地环流特征，全年非常清晰地分为雨季（6月至9月）和旱季（10月至次年5月）。以旱季为例，天气的变化有着显著的规律，大致9天会走一个小循环，即连续7~9天放晴，然后下2天左右的雨，我称之为"七日轮回"现象。

安纳布尔纳南峰 7219
Annapurna Dakshin

希恩楚里峰 6434
Hiun Chuli

鱼尾峰 6997
Machhapuchhare

冈嘉布尔纳峰 7455
Gangapurna

安纳布尔纳三峰 7555
Annapurna III

甘杜克是观赏安纳布尔纳峰群日出的好位置

安纳布尔纳南峰尽管海拔不算很高，但庞大的山体在晨曦中极为耀眼

　　当然，这个时间是估算的，但以天数为单位的晴雨相间是毫无疑问的，进而可以作为行程安排的参考依据之一。在尼泊尔旅行，天气状况是决定性因素，若是阴雨连绵，那给你的感觉可能就与苏浙一带黄梅天时的风光没什么区别了。

　　到目前为止，我们的运气似乎还不错，在萨朗科看到了日照金山，在上甘杜克喜马拉雅诸神依然眷顾着我们。上甘杜克拥有安纳布尔纳保护区内罕见的高海拔、大面积草甸平台，视野极为开阔，坐南向北，可以在毫无遮挡的情况下看到7219米的安纳布尔纳南峰、6441米的希恩楚里峰、7455米的冈嘉布尔纳峰、7555米的安纳布尔纳三峰，以及6997米的鱼尾峰这五座山峰。我们与这些山峰的相对落差，在短短十数公里的纵深间就达到了4000米以上，可谓高山仰止。

　　直到此地，鱼尾峰真正的鱼尾形态才会在西南山壁显露出来，我们可以看到它有两个高度差不多的峰尖，左侧（北侧）的那个是6993米，右侧（南侧）的那个是6997米。在之后去往大本营的途中，我们还可以继续看到它的西侧、西北侧山壁，形态各有特

希恩楚里峰的东侧大断崖，可能是在造山运动初期由冰川运动与重力崩塌共同作用而形成的。

点。在后面第六章中，我会给大家展示鱼尾峰最为壮观的一面。

位于一列雪峰中央醒目位置的希恩楚里峰（Hiun Chuli），尽管在海拔高度上位居安纳布尔纳峰群的末尾，但当地人告诉我"Hiun"代表的是印度教中的某一种神，而我送它另一名号"雪崩之王"。

我们可以看到它的东侧极为陡峭，山崖下方是莫迪河谷，它是由上古冰川运动切开的河谷，也是通往大本营的唯一道路。希恩楚里峰与脚下的莫迪河谷相对落差达到3000米以上，形成了一小巨大的绝壁，保护区中两大著名的雪崩区都位于绝壁之下。

最西侧的安纳布尔纳南峰山体庞大，在大多数时候海拔同样不算很高的它是群峰中最引人注目的明星。清晨时分、日出之前，山体似一堆隔了几夜的冷馒头般让人不寒而栗，但是当第一缕阳光洒在峰顶时，整个山体仿佛被点燃了一样熊熊燃烧起来，威武的旗云让它变得如刚出笼的包子一般暖意融融。

一些专业资料将南峰称为"Annapurna Dakshin"，这是南峰的正式英文名，"Dakshin"是孟加拉语中"南"的意思。不过在英语普及程度相当之高的尼泊尔，大家在日常生活中一般都会用约定俗成的"South"。

若是冬季前往，太阳升起、运行的位置会较为靠南，在晴朗的天气里，数座高峰均是顺光状态，非常有利于观景和摄影。前面已经提到过，以如今当地的交通状况，从博卡拉前往甘杜克仅需要半天时间，就算没时间徒步，就算去不了大本营，那么选择在一个晴朗的天气，远离灯红酒绿的城市喧嚣，到这山野之地泡上一杯红茶清静一番，也不失为一种最低限度领略喜马拉雅山区魅力的方式。

次日一早，再次看到日照金山的胜景让大家异常兴奋。大家很热情地邀请向导桑托斯和我们一起合影，这位大叔对此却好像不太感兴趣。桑托斯是一位身材精干、寡言少语的中年大叔，区别于一般导游的口若悬河，桑托斯很少主动与我们交谈，只有在一些必要的场合才会开口。我一直称呼他为桑托斯先生，每天早上都会跟他打招呼，获得的回应大多是沉默着露出点微笑和点点头而已。作为地理爱好者，我在途中经常就一些保护区的地理特点与他交流，只有在这个时候他才会暂时告别惜字如金的作风。

称之为先生，并不仅仅是表示尊敬或者套近乎，其实在安纳布尔纳地区，桑托斯在山岳协作圈子里有不小的名气。在出发之前我曾不止一次在网上的攻略中看到他的照片，对他早有耳闻。实地观察之下倒也并非浪得虚名，一路上几乎所有照面的向导和背夫都会对他毕恭毕敬，住宿的山间小屋他也基本上能拿到景观最好的房间。

我曾亲耳听到两个向导的窃窃私语："喂，你看那是谁？"

"那就是桑托斯啊，你连他都不知道？"

仅从这两句简单的对话，就能看出桑托斯绝对是个不简单的人物，像他这样的老资格向导且不论业务水平如何，必定与旅行社有着良好的合作关系，能相对容易地接到业务，而且在选择背夫这方面有相当分量的话语权。若是新手上路的那种背夫，没有桑托斯这样的地头蛇罩着，恐怕是真的要随时熄火了。

中国有句老话，叫做"隔行如隔山"，还有另一句老话，叫做"强龙难压地头蛇"。无论你在自己家里有什么特殊的身份或者多高的地位，在异国他乡也千万不要小看任何萍水相逢、看上去其貌不扬的人，特别是在尼泊尔的喜马拉雅山区——这里的人们好歹也是在世界上海拔最高的地方混饭吃的。

关于甘杜克（海拔1940米）

山间小屋：无数，建议至上甘杜克大草坪附近住宿。

机构：中心医疗站（Primary Medical Centre）

要点：拍摄星空时，星座对一般旅行者来说并不容易辨认，好在如今移动通信技术发达，既可以通过纸质地图来对照观测，也可以用智能手机附带的软件（APP软件Starmap，安卓软件Skymap）来进行辨认，前提是你需要购买尼泊尔的电信卡（N-Cell）并开通数据流量。

保护区内是没有WIFI的，可以专门买一张SIM卡并开通网络作为热点，那么同行的所有人就都可以挂靠这个热点上网了。而像加德满都、博卡拉这样的大城市，WIFI的覆盖率之高不亚于世界上任何一个一线大城市。

需要注意的是，在过了多万（Dobhan）之后，除了卫星电话、无线电对讲机之外，任何通信器材基本都等同废铁。

曹木旅人的家园是一个世外桃源般的地方

Chapter 5

徒步是门技术活

甘杜克至乔姆隆徒步地图

必须跨越的大堑，基姆隆河谷

甘杜克（Ghandruk）—科姆隆（Komrong），1940米↗2250米，2小时

离开上甘杜克后，下一个较大的休息点是科姆隆。在雪域客栈的大草坪上就可以远远望见这个坐落在脊线上的村落，不过走过去还是需要绕点路，先要下降约100米的海拔，再上升300米。不过千万别急着抱怨，这种上上下下的享受至少在头两天会是徒步中的常态，这个落差已经算是小的了。

在翻过了几个山头之后，我终于对安纳布尔纳保护区的地形特点有了点心得，实际上就是一种一山更比一山高的渐进式山峦叠嶂。我们回头看一下第四章中的沿途海拔变化柱状图，就会发现在徒步的前半段有数个起落的过程，实际上这种海拔的起伏正好说明了我们将要翻越一个又一个山头，在山口和河谷之间攀升和下降多次。当然，这种情况是很难从二维的纸面地图上看出来的。

画面左侧山脊线上的村子，就是海拔2250米的科姆隆

　　我在途中曾和小K讨论，这种渐进升高、一山隔着一山的地形，如果放在其他地方，人们会怎么做？答案当然是造缆车！这种地形简直太适合造缆车了，只要在每个山头上装一个承托钢索用的支架，甚至都不用特地去找位置，运一些钢梁上来往山头上一插，就轻松搞定了。

　　缆车造好，人不分老幼，地不分南北，只要肯出钱，缆车就可以不费吹灰之力将你运到别人需要汗流浃背走几天才能到达的地方，吸引力当然会大增，客流量也会大增，安纳布尔纳保护区从此再无淡季，现有的山间小屋和客栈也满足不了日益增长的游客需求。

　　然后古荣族人也别放牧种田了，开酒店吧，要高档的，起码是四星级以上，一定要有日式自助餐和露天游泳池，25平方米的安纳布尔纳山景房加独立卫生间带按摩浴缸更是必需的。一年一万名旅行者？那怎么行，后面加个零都不止啊！

　　所幸，尼泊尔不会这么想，古荣族人也不会这么做。在尼泊尔，在安纳布尔纳保护区，钱真的很重要，没钱可能会冻死饿死，但是这里还有一些比钱更重要的东西。

（左上图）除了部分经过整修的台阶和后勤保障充分的休息站，安纳布尔纳保护区内并没有其他多余的人造设施

（左下图）正在安纳布尔纳南峰跟前休息的老王和
小K

在已知的历史、现实的当下和可以预计的未来，城市中已然饱和、正在满世界寻找突围方向的机会主义思潮，在这里始终被拒之门外。安纳布尔纳保护区不会造索道和四星级酒店，它依然是那个只有简陋的山间小屋，年均客流只有万把人，还会对游客数量、砍伐树木和畜牧活动进行严格限制的徒步体验区。作为过客，我们也希望它能尽可能久地坚持下去。

谈笑之间，我们很快便越过了第一个也是最简单的山坳，到达了海拔2250米的科姆隆。这个休息站修建在一个垭口之上，海拔是徒步前两天中的最高点。它直面一个落差400米以上的河谷，谷底的河流是发源于安纳布尔纳南峰冰川的基姆隆河（Kimrong Khola）。这条河是莫迪河最大的支流之一，也是徒步路上必须跨越的天堑。

在科姆隆的观景平台，除了趁着炙烤的烈日晒干被汗水浸透的衣服，以及继续一览安纳布尔纳南峰的英姿外，还可以远远地望见河谷底部的小型村落。桑托斯先生面露难色地告诉大家，那就是我们下一个休息点——海拔1800米的基姆隆河沿村。而这450米的海拔下降并非以后补回来，而是今天就得补回来。

科姆隆（Komrong）— 基姆隆河谷（Kimrong Khola），2250米
↘1800米，1小时

　　俗话说"上山容易下山难"，上山讲究的是体力和耐力，下山则注重身体协调和平衡性。对于很多人而言，下山是一件极为痛苦的事，他们宁愿气喘吁吁、汗流浃背地往上攀登，也不愿让膝盖承受下行时坐老虎凳般的痛苦，还要随时用脚底板抓牢地面。我们看到的那些在下山路上跳跃着狂奔而下的人，大都有着出色的身体平衡（Body Balance）能力。

　　所以我们也不必心生羡艳，这种事很大程度上取决于天赋，像古荣族这样的山地民族在出生时这种天赋已经在基因上写好了。这跟菲律宾渔民的基因里写着游泳和撑船，印度人民的基因里写有咖喱和个人卫生，斯拉夫人的基因里写着打仗和伏特加的道理是一样的。我们常说命运，天赋就是命，指的是那些你只能有意识地加以调整，但是无法从根本上改变的东西。

　　而运是可以改变的，你报个外语班学习然后掌握了一门外语，去投个简历跳槽然后获得一份更好的工作，或者买张彩票中了大奖，这都是运。就眼前这个巨大的连续下坡而言，每个人的身体条件固然有差别，但我们可以采取一些防护措施，并使用相对合理的行走方法，就可以有限地降低这种下坡路段对膝盖的巨大压力。

　　在安纳布尔纳保护区中，由于地形复杂多变，下坡也分为若干种类，分别是台阶路段下坡、土路下坡、泥土灌木混合路下坡、断裂岩层下坡、雪地下坡等，不一而足。也就是向上攀升多少，就要走多少下坡路。上一章的表格里我们已经给出了数据，走完全程累计攀升和下降各4600米。

　　无论是哪一类下坡，一个先决条件就是一定要戴好护膝。有不少旅行者因为怕麻烦，或者嫌佩戴不适而忽视了这一点，往往会引起严重后果。途中的进退两难或许咬一咬牙就挺过去了，可要是造成对膝盖的永久性伤害就绝对是一种得不偿失的结果。

在这种剧烈的阳光下，不把被汗水浸透的衣物暴晒一番是种暴殄天物的行为

　　这绝不是耸人听闻。Kevin是我2008年前往滇西北旅行途中结识的朋友，他就是因为没有采取适当的防护措施，在总距离长达100公里的雨崩、神瀑、尼农峡谷的3天高强度徒步过程中弄伤了膝盖，并留下了半永久性的创伤，从此只能与徒步活动绝缘。

　　另一个要点就是选择有坚固且防滑鞋底的登山鞋，我曾遇到过一些旅行者会在出发时穿着新买的鞋，对于徒步旅行而言这是大忌，因为未经磨合的鞋非常容易磨脚。

　　在下坡过程中，我们需要尽可能将身体的姿态放低，下压身体重心并使其大部落于前脚掌，身体可以微微侧倾使两腿呈一前一后，前足与后足构成相对稳定的T字形，并采取小碎步快节奏的移动方式，这样就能减轻每次落地对膝盖的冲击。

　　7天的行程中，包括我们队伍中的Cindy在内，膝盖受伤的情况绝非个案，不但会使本人饱受煎熬，更会让计划中的时间安排受到影响。保护区内的每一个休息点都会提示点到点之间徒步需要花费的时间，而这个时间仅仅是个参考数据，实际耗时很大程度上是与你的行走山路的能力挂钩的。

　　对于徒步旅行而言，做好充分的防护工作，尽量避免产生运动创伤，是比旅行者们本身所具备的身体条件优劣更重要的事。

　　1小时后，队伍下到了刚才还在俯瞰视线中的谷底。尼泊尔语中的Khola和英语的River是相同的意思，眼前的这条河是发源于安纳布尔纳南峰的基姆隆河（Kimrong Khola），河谷底部甚至比今早出发地甘杜克还低的1800米海拔让大家颇感压力。唯一的好消息大概就是在烈日炙烤了一上午带来的炎夏般的体感温度下，用清冽的冰川融水洗一把脸也不会感觉太冷。

　　跨过基姆隆河上的简易木桥，就来到与这条汹涌的冰川河同名的休息站。这个颇适合隐居的小村子是保护区内甘杜克和乔姆隆这两大中继站的中点，我们总是说老天自有安排，那么老天把这个村子安排在这个倒梯形河谷底部，可能是知道大家下坡都挺吃力，差不多该吃午饭了。那么吃饱了之后干什么呢？当然是要把刚才下的那个坡再爬回来。

　　在这偏小的休护区内，吃饭是一件既让人期待，又颇令人无奈的事。期待是因为徒步体力消耗会特别大，走了了多久就想着吃饭，无奈则是因为真到了吃饭的时候又会发现，没什么太多选择让你去挑挑拣拣。

　　每一处休息站都有供旅行者歇息的山间小屋，这些小屋绝大部分都会提供住宿和餐饮服务，价格和海拔高度成正比。店主都能进行简单的英语会话，他们的口语水平基本上不会比你差。

　　菜单也都用英语表示，大多是蔬菜，粗茶淡饭的，选择的余地甚小。如果对自己的英语实在没有信心，则建议雇用向导或求助于他人。不过我还是觉得，至少要学个万能的蛋炒饭（Egg Plain Rice）和蘑菇汤（Mushroom Soup）的英语说法来应急。

　　值得一提的是，山间小屋的膳食供应能力有限，如果是那种制作起来很复杂的菜式，从点完菜到上菜，可能得等上一个多小时，因此比较明智的做法是到了休息点放下行李后，第一件事就是先去把菜点完，再去折腾其他事。

　　特别是中午时间比较紧迫，如果队伍人数众多，大家尽量点相同的食物以省去店家分别配菜的麻烦。像我们这么"庞大"的队伍，要是6个人分别点了完全不同的食物，那么依尼泊尔人那种不紧不慢的态度，估计等菜全部上齐大家吃饱喝足，太阳都快下山了，可以接着吃晚饭了。

向上攀登的时候，保持合理稳定的节奏是比体能更为重要的事

基姆隆河（Kimrong Khola）—乔姆隆（Chhomrong），1800米 ↗2170米，4小时

  无论是7天还是8天的行程，第二天只要走到乔姆隆就可以了，因此尽管下午这段路要攀升370米，而且路并不太好走，有一些土坡泥地和密不透风的丛林，不过由于时间并不紧迫，不需要走得太快。鉴于艰苦的路段还远未到来，眼下合理的策略是将此作为一种热身运动，在尽量保存体力的同时慢慢调整和提升自己的状态。

  相较于下坡路更侧重于行走技巧的运用，上坡路主要是拼体力，但并非完全不讲究方法。其中最忌讳的就是我们俗称的"大喘气"，这是一种单纯以加快频率来获取一时的舒适感的错误呼吸法。

  我们都知道徒步活动是一种有氧运动，在行走过程中必须保持呼吸均匀以持续对肌

队伍越过一处塌方的山坡，这种塌方是由雨季暴雨形成的泥石流造成的

肉、血液和内脏提供氧气。在上坡或者攀爬过程中，人的体力消耗增大，身体对氧气的需求增多，此时若单纯地加快呼吸节奏，不与行走速度、血液循环相配合的话，很容易导致内脏功能的紊乱和缺氧，进而很有可能会出现呼吸肌痉挛，也就是通常所说的岔气。

正确的呼吸方式是采用较慢节奏的深呼吸，并将频率与自己脚步的移动节奏配合起来，以达到一定的同步率，在行走的过程中要尽可能地保持这一频率的稳定，比如4步一呼一吸，或根据各人步幅、当前地形的差别适当调整。在任何时候都不要发力冲刺，或是憋一口气爬很长的台阶，山路那么长你能一下子冲多远？

没事的时候可以注意一下向导或背夫是怎么走的，他们的节奏通常看上去如蜗牛一般非常慢，给你一种走得很痛苦的感觉，但是过一会儿你就会发现，他们不知不觉已经越走越远，甩开了你一大段。更为神奇的是，当他们走完一段漫长的台阶或者爬坡，停下来休息的时候，并不会像游客那样撑着自己的老腰作气喘如牛状，呼吸几乎与平时一样平顺。

这就是采用了正确的呼吸方法所带来的好处。就好比一辆长途汽车，正确的呼吸方法就等于给这部车子装上了定速巡航功能，能在匀速前进下维持相当低的油耗，徒步旅行的道理也是一样的。

如果说登山是短跑，那么山野徒步就是长跑，对旅行者在一定时间内的持续性、稳定性要求更高。基于人的身体状态总有起伏，在头几天没必要很快就把自己调到兴奋状态，否则在冲击大本营的时候要是兴奋点过去了，将会走得十分辛苦。

　　我们所要经历的是一个为期一周以上的漫长行走过程，而不是毕其功于一役的短距离赛跑。因此，我们可以借鉴马拉松选手所采取的策略。经验丰富的长跑选手会在前半程选择跟跑战术，到中后程其他人都渐渐体力不支时，再后发制人继而一锤定音。

　　徒步的头两天，我一直有意放慢自己的速度，懒散地拖在队伍最后，东张张西望望，看上去有点漫不经心，而实则正是在采取跟跑战术的同时转移自己的注意力，使其不必太多地集中到行路的疲劳上，是一种身体和心理并行的自我调节。从事后的复盘来看，这个做法是极有先见之明的。

部分地理词语的尼泊尔语、英语、中文对照表

尼泊尔语/梵语/印地语	英语	汉语
shar	east	东
nup	west	西
chang	north	北
lho	south	南
ban	jungle	丛林
gaon	village	村落
bazar	market	市场
col / la	pass	山口、垭口
chu	river / water	河流、水源
danda	hill	山丘
deurali	ridge top	山脊顶部、脊线位
durbar	palace	王宫、宫殿
himal	mountain massif	山峰、山体
khola	stream / river	溪流、河流
phedi	Foot of base of a hill	山脚下
pokhari	lake	湖
ri / tse	mountain / peak	山、山峰
pul	bridge	桥

"圣地的门户"乔姆隆

心心念念的乔姆隆，总算是出现在了快要被无尽的山路虐死的队伍面前，它的规模之大比甘杜克有过之而无不及，星罗棋布的山间小屋、客栈、民居遍布整个山头。此刻夕阳西下，家家户户都做起了晚餐，袅袅的炊烟使人嗅到一股久违了的人间烟火味道。

乔姆隆的性质与甘杜克颇有相似之处，它是安纳布尔纳圣地和布恩山两大徒步线路的交会点。而乔姆隆举足轻重的地位在于它是进入安纳布尔纳保护区的核心区之前最后一个拥有全面充足后勤保障设施的大休息站。对于旅行者而言，无论是启程前进行最后的补给、整备，还是下撤之后的喘息、休养，这里都是非常理想的选择。

与昨晚一样，我们同样选择多费点劲，攀登到整个乔姆隆村地势最高的地方去找落脚点，而且，我们无疑是幸运的，计划中的入住点完美景观小屋（Enaellent View Top Lodge）正常开门迎客。桑托斯先生的神通广大此时再次得到铁铮铮的应验，他轻而易举就为我们弄到了客栈里最前排、无遮挡的几个景观房。

乔姆隆的景观比甘杜克要略逊一筹，北面希努瓦村（Sinuwa）所在的古姆库山（Ghumku Danda，5151米）将大部分视线遮挡，只看得到安纳布尔纳南峰和希恩楚里峰的峰尖，鱼尾峰倒是比较爽快地耸立在一边，只不过显得有些形单影只。

乔姆隆的风景比甘杜克要略逊一筹，但同样也是山高堑深、大开大合

晚霞披肩的安纳布尔纳南峰，仿似正在探头张望一般

　　若是从房间阳台上俯瞰，就会发觉次日的前进方向上是一道河谷，那是发源于"雪崩之王"——希恩楚里峰的乔姆隆河谷（Chhomrong Khola），目测落差大约400米，与我们今天刚走过的基姆隆河谷几乎如出一辙。

　　由此，便揭示了选择位置较高的山间小屋住宿的理由，并不是仅为了那观景效果，更是为次日的出行作铺垫。住在高处，次日出行的起始段均为下坡路，既能起到基本的热身作用，又不至于走得太疲劳，这才是最实际的。

　　位于保护区核心地理位置的乔姆隆是个人声鼎沸之地，各类走不同线路的旅行者在此汇聚并交换着情报。英语、日语、德语、尼泊尔语，乃至各种中国方言，如一锅煮开了的大杂烩在你的耳边沸腾，脑神经不断地在各个语系中切换。我漫无边际地幻想着只要让我在此勤工俭学3个月，估计就是看美剧不需字幕的水平了。

就在百无聊赖地到处听别人的交谈之时，一个不太好的传言飘进了我的耳朵里。几个下山的欧美游客在谈话中似乎提到高海拔区域刚下了大雪，积雪厚重，并有雪崩断路的情况，这阵"耳边风"着实让我当即心里一沉。我随即去找桑托斯先生求证这个情报，一直表现得无所不能的桑托斯这次也不灵光了，他并没有正面回答我的问题，只是表示上去看看再说之类的意思。

这种暧昧的态度让我心里更为忐忑，不过眼下也做不了什么，只能回到房间去跟同室的老王通报这个最新情况。老王是小K队伍中唯一的男性，我们也就顺理成章地做了3天室友。身为一名优秀的理科男，老王的思维方式极为理性细腻，他对摄影没太大兴趣，但可以依靠精确的计算判断出这个季节太阳升起的纬度。在他的世界里似乎所有的问题都可以用数学或者物理公式来解决，着实教我这种这辈子就毁在数学上的人佩服不已。

与老王这样标准的装备党做室友是世界上最幸福的事情之一，他的大背包是属于机器猫的小口袋级别的神物，任何你想象得到、想象不到的东西，他都会如变戏法一样从背包里取出来给你。所以当听到这个消息的时候，老王并没有太多惊讶，而是很淡定地从背包里取出了一副12齿的冰爪和雪套，幽幽地说——你看，这货还不错吧？

装备颇为寒酸，甚至连个水壶都没有的我大受打击，事到如今也只能立足现有的装备，抱着随缘的心态前行了。

我拿着相机充电器走到走廊上，客栈的二楼走廊放着一张大桌子，上面有个公用的插座，此时被接了两个拖线板，上面正在充电的各种电子设备总价值高达几万元，这既是不亚于安纳布尔纳群峰的壮观景象，也意味着大家心里都清楚，再往前走，那就是什么资源都要花钱买，甚至有钱也未必买得到了。

乔姆隆最高处由于离安纳布尔纳核心区域已经非常接近，视野较甘杜克而言要显得狭窄一些，不过邂逅一个好天气的话同样可以瞭望星空。当我抢到一个插头充完了电，再次走到一片漆黑的阳台上时，巨大的北斗七星已经从希恩楚里峰和鱼尾峰之间升起。根据方位，乔姆隆坐南朝北，非常适合观测北极星以及拍摄星轨，即便没有带三脚架，在人造物品繁多的山间小屋自制一个固定相机的器具也是轻而易举的事。

山里的夜晚没什么娱乐活动，暂时的喧嚣也早早散去。我坐在阳台上，看到楼下院子里Mandy同学东奔西跑的身影，她还在孜孜不倦地试验昨晚我教她的星空拍摄方法；小姨边嗑着瓜子，边尽职尽责地看守着一桌子价格昂贵的相机、手机；饱受膝伤困扰的

短星轨

鱼尾峰大本营的旅馆，把广告
已经做到了乔姆隆的客栈里，在海
拔3700米的鱼尾峰大本营有这样的
设施和条件已属十分难得

Cindy沉沉睡去；小K还在精神奕奕地瞭望星空，却不知眼前正能看到她自己的星座。

　　我想为大家做点什么，就帮着老王一起用炉头气罐烧水，还跟老王一起计算在这个海拔高度烧开1升水需要多长时间，巧合的是，计算的结果竟是和慢门长曝一张星轨照片的时间差不多。在这徒步的第二个夜晚，大家依然显得有些沉寂，因为经过了今天的牛刀小试，大家都深知随后的路途只会越发艰难。

　　而我也暗自决定，跟跑战术到此为止。发力，就从明天开始。

关于乔姆隆（海拔2170米）

　　山间小屋：无数，推荐完美观景顶点客栈（Excellent View Top），有免费充电和热水洗澡。

　　机构：安纳布尔纳保护区游客中心（ACAP Visitor Centre）

　　　　　安全饮水站（Save Drinking Water Station）

　　要点：一定要在此把电子设备的电量全部充满，最好自带一个拖线板。

　　整个ACA（安纳布尔纳保护区，Annapurna Conservation Area）中只能用尼泊尔卢比，不通用美元和人民币，不排除有旅行者出现卢比不够的情况。乔姆隆的客栈可以以私人方式兑换卢比，但是汇率很差（美元：尼泊尔卢比大约1：72），而且不收大额票面，建议事先准备好足够的卢比，不到万不得已就别采用这个办法，既不安全，也会损失不少的汇率差。

乔姆隆至多万徒步地图

发力，从今天开始

乔姆隆（Chhomrong）—乔姆隆河谷（Chhomrong Khola）—上希努瓦（Up Sinuwa），2170米↘1900米↗2360米，4小时

徒步的第二天，在补给充足、住宿条件较好，又属于在保护区内难得比较热闹的乔姆隆过夜，固然是一种理所当然的选择，不过，要是受制于旅行时间，或是脚程较快的话，当天的时间足够走到对面的上希努瓦再休息。

我出发前参考过不少旅行者的游记，确实见过许多推荐行程上是这么写的。不过就我个人的看法，若非时间限制非常严格，着实没必要这么做。

我们之前提到过发源于希恩楚里峰的乔姆隆河及其冲积形成的河谷，在客栈的阳台上可以很清楚地俯瞰到。这条河实际上是一道天然的地理分界线，也是阻拦安纳布尔纳核心区域与外界联系的最后一道屏障。向北跨过这条河，就等于走上了安纳布尔纳主峰群的本体，我们之所以称乔姆隆为"圣地的门户"，原因也在于此。走过了乔姆隆，路上就再也没有适合人类大规模聚居的地方了。

更现实的问题是，从跨过乔姆隆河之后到达村落上希努瓦伊始，直到海拔2900米的喜马拉雅客栈，在这一段相当漫长的路途中，周边的地形会渐渐演变成接近安纳布尔纳峰群核心区的原始森林，在这个区域内是没什么风景可看的，会走得比较乏味。

再者，由于"只缘身在此山中"，抵达大本营之前再也没有如甘杜克和乔姆隆那样理想的观景点（View Point），地形都会是山高谷深相当局促的状况，因此，最好的做法是一鼓作气快速通过，而在这之前，不如在乔姆隆安心休息蓄力。

对于下坡恐惧症和台阶强迫症患者来说，从乔姆隆到上希努瓦会是比较让人崩溃的区间，需要下行近300米到乔姆隆河谷底部，再向上攀升460米，其强度可谓是前一日跨越基姆隆河谷的升级版。

两者之间的区别在于，基姆隆河谷路段基本上都是由土坡和土路组成，而乔姆隆河谷路段则被古荣族村民们修缮得相当考究——全是如长江之水连绵不绝般的青石板台阶。

在这样坡度较陡的V字形峡谷铺上台阶，对行走其间的人的膝盖可谓压力山大。我在上文提出种种建议，希望旅行者们借助第一、第二天相对简单的行程留力、热身、学习合理的呼吸方法、做好伤病的防护工作，正是为跨越这道天堑打基础。

心里有底，才不会在面对这些一眼望不到头的台阶时心存畏惧，才不会在想到当行程结束往下撤退的时候还得把这段路再走一遍时感到绝望。

关于上希努瓦（海拔2360米）

山间小屋：甘杜克与安纳布尔纳景观客栈（View of Annapurna and Ghandruk Village）

机构：无

要点：只有一个，戴好护膝！

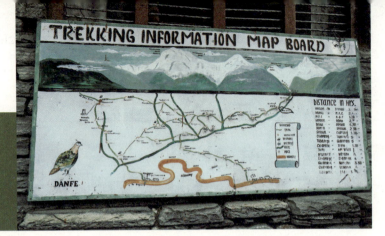

上希努瓦（Up Sinuwa）— 竹林（Bamboo）— 多万（Dovan），
2360米↘2310米↗2520米，3小时

上希努瓦是只有一个山间小屋的小型休息站，却因为其进入安纳布尔纳保护区核心地带第一站的身份而提升了一定的重要性。休息站旁边竖立着一块巨大的公告板，提示了大量对于游客的警示信息，包括高山病、春季雪崩、夏季洪水等潜在风险。

在保护区内的每一个休息点，你都能找到类似这样的指示看板，对于保护区内的道路、休息站、地标、点到点之间的距离及所需时间都会有非常详细的标注，信息完全透明。尽管这些设施多少显得有些陈旧，但相较于某些崭新却在信息的传达上显得似是而非的景区指示图，它们对于旅行者的作用显然要大得多。

在瑞士旅行的时候，我曾经前往南部瓦莱州的采尔马特（Zermatt），乘坐登山齿轨火车登上戈尔内岭（Gornergrat）。这座靠近阿尔卑斯山主脉的孤立岩峰顶部是一块较为开阔的空地观景台，在那里可以看到阿尔卑斯山中平均海拔最高的罗莎峰群（Moute Rosa）、马特峰（Matterhorn）和魏斯峰群（Weisshorn），它们分别在观景台的南侧和西侧。而在正对这些山峰的同一侧，观景台边缘都立有提示板，以素描的方式准确地标注出前方独立山峰的名称、海拔以及发源的冰川。

然而在另一些地方，事实却有点令人沮丧。比如你站在一个景区的观景台，面前是一排山峰，但是从来不会有一幅指示牌在旁边标出这些山峰的相对位置、名称和海拔，非常令人遗憾。诚然，有心人会记在心里回来自行翻查资料，而大多数人也就这么看过算数了。如今的大众旅游趋于形式，与浮躁的大环境下对这些信息资源的共享方面的闭塞，我认为不无关系。

（上图）瑞士采尔马特的戈尔内岭观景台，指示看板上的信息制作精良，极具专业水准

（中图）吴哥窟的废墟中随处可见雕刻成五头大蛇形象的蛇神纳迦

（下图）保护区内粗茶淡饭的生活有利于身体健康

　　或许，正如德国哲学家马克斯·韦伯曾说过的，官僚体制通过知识来统治民众，他们手握专业知识和实务知识，通过对这些知识的保密提高自身的优越性。他们认为，如果这种优越性被剥夺，就会使体制本身受到威胁。

　　话虽如此，历史的车轮毕竟滚滚向前。在这个信息传播如此发达、卫星地图已经泛民用化的时代，地理知识作为一种常识性信息和全人类共同的财富，开放资源共享是大势所趋，早就不应是那个只能被少部分群体垄断的年代了。瑞士与尼泊尔尽管一个发达、一个落后，可无一不表现出对自然界、对科学知识的尊重、认真以及在资源共享方面的宽容态度，可见这种态度与一个国家的贫穷或富裕并没有直接关系。

　　在此，我不得不对这两个南辕北辙却又不谋而合的国家点一个大大的赞。

　　走过上希努瓦后不久，就会看到另一幅巨大的警示告示，大致意思是你现在已经进入安纳布尔纳圣地，有哪些注意事项之类。称之为"圣地（Annapurna Sanctuary）"的主要原因是它荟萃了数个宗教的传说故事。

　　我们之前提到讨，鱼尾峰是印度教中湿婆神（Shiva）的居所，而安纳布尔纳大本营的所在地则被看作是蛇神纳迦（Naga）的藏宝库。在1957年那支攀登鱼尾峰未果的英国登山队之前，根本就没有人能踏上大本营所在的位置半步。

　　蛇神纳迦同时存在于印度教和佛教中，象征丰收的她与象头神一样被广泛地崇拜和装饰。无论在加德满都谷地、泰国的清迈周边，还是远在柬埔寨的吴哥窟，都可以看到以标志性的五头大蛇形象出现的纳迦。而在佛教中，等同于蛇神的形象是龙族，正是大名鼎鼎的佛教护法神——天龙八部中的"龙"所指代的对象。

　　圣地的传说固然令人无限遐想，可最大的现实意义就是对凡人有着诸多禁忌。最重要的一条就是禁止荤腥，包括所有肉类以及鸡蛋，因此在接下来至少三天时间内就只能做一个素食主义者了。

　　事实上，徒步的这一周除了少量随身携带的荤类干粮（牛肉干等）之外，在山间小屋里吃的正餐几乎全是素食，不外乎蛋炒饭、意面、扁豆汤套餐、蘑菇汤、烤面包这些东西，就连披萨的用料都是土豆和西红柿。

　　不过在徒步过程中，吃素除了对弥补快速流失的体力显得有些捉襟见肘之外，倒也不会有太大的影响。我个人对美食没有太多的兴趣，觉得活着并不是为了吃饭，有时甚至会很诧异于一些人对食物的高涨热情。

　　然而，安纳布尔纳圣地却是一个连荤腥都拒绝的地方，尽管没有人会来检查、监督你是不是真的不占荤腥，但几乎所有人都会自觉地在警示板前将所有的荤腥全部吃完，至少是塞在包底不再拿出来。

人的食欲从何而来，我不清楚，至少那是这个物种产生的时候就因为某种原因而设定好的；人又是为何而自觉克制自己的食欲，我也不清楚，或许是对举头三尺之上神明的敬畏。不过也正因为有了这种敬畏，我们才有明天。

指示看板之后的路基本都在密林中穿行，有一些小规模的翻山越岭，与之前两条大开大合的河谷相比，实属小菜一碟。这片区域无限接近雪线，山高堑深，到处都是冰川融水径流，加之坡面向南，直面阳光照射，在相对温和潮湿的环境之下各种树木发了疯似的生长，因此沿途依然被遮天蔽日的植物挡住了大部分视野，走起来令人颇感郁闷乏味。

按照预定计划，我结束了为期两天半的跟跑战术，开始在这段起伏并不是很大的路上加速前进，走到竹林村的时候就已经把大部队甩开30分钟以上。这么做看上去有点违背团队精神，作为一支队伍中可能是速度最快的人，常规的做法应该是一直待在队列的最末尾断后，在万一有队员遗失随身物品，或者因为受伤、体力不支等原因掉队的情况下，能够第一时间去帮助处置。

如果我的行程与队友们完全一致，那毫无疑问我会这么做。可眼前的现实是，队友们明天只需要从海拔2520米的多万走到海拔3700米的鱼尾峰大本营，而我则需要直接走到海拔4130米的安纳布尔纳大本营，相当于在高原地区一天之内从山脚下直接登顶黄山，必然面临着比他们大得多的压力。

坦率地说，对此我并没有十足的信心，不知道自己到时会被消耗成什么样子，所以也做好了面对极端艰苦的准备。但是在今天下午必须把状态调整出来，这是前提条件。

在这种想法的驱使下，我继续加快脚步试图让自己兴奋起来。快要到达今天的目的地多万（Dobhan）时，我终于追上了早已把队伍远远抛下的三名背夫。此时他们正在树林中的一座小型神龛前歇息，看上去一脸的疲惫。我在他们身边坐下，并把随身携带的巧克力棒分发给他们补充体力。

通常来说，拥有超人体能和稳定行路节奏的背夫会比大部队提前出发，而且始终处于领先位置。如果队伍雇用了向导，则向导会留在队伍末尾负责断后。因此在之前的行程中，一直走在队伍最后位置的我基本上没什么机会跟背夫们交流。

另外，对于我们这些外来游客而言，在有着"人种博物馆"之称的尼泊尔试图去分辨甚至了解这些种族各异的人，实在是一件难如登天的事。不过我们依然可以根据所在地区的不同来大致猜测出他们属于哪个民族。例如，在尼泊尔西部的喜马拉雅山区，主要的山地民族是古荣族（Gurung）、马迦族（Magar）、达芒族，他们的共同特点是属于藏缅血统，外貌、体型特征与中国西藏的藏族人颇有相似之处（在这里需要指出的是，西藏的藏族人与康巴、安多地区的藏族人在外貌上是有显著差异的）。在这三名背夫中，两名比较年长的就属于这些民族之一。

相比于头脑灵活、致富门路繁多的尼泊尔城市住民们，这些山地居民的选择就显得少之又少了。他们普遍没有受过良好的教育，文化素质不高，英语水平基本上和我这种把知识都还给老师的人处于同一档次甚至更低，除了出卖体力之外，几乎没有别的谋生手段，具体而言有两条路可走。

比较理想的选择是加入英军部队，成为一名骁勇善战、令世人闻风丧胆的廓尔喀佣兵，不仅能赚取高额的佣金和退伍费，还会被家乡人民视作英雄，退伍后还能获得英国国籍，可谓名利双收。如今，廓尔喀佣兵已经是个广义的概念了，泛指所有从尼泊尔征召入伍的士兵，而主要的征兵对象正是古荣族人。

然而，征兵的名额毕竟有限，大部分人的结局是在山选（即我们通常说的"海选"）过程中被淘汰出局。除了灰溜溜地回家继续种地，或者前往城市碰运气寻找打工机会这些门路之外，山地居民的另一种备选方案就是利用自己"铁脚板"的先天优势，从最底层的背夫（Porter）开始做起。我们常说"隔行如隔山"，作为外行人，千万别小看这个山岳协作行业，其中也是分门别类、花样繁多，水一点也不比其他行业浅。

位居这个行业最底层的是那种为山间小屋运送补给的挑山工，收入极低，而且终年无休。一般从事这种级别工作的都是不会说英语、性格较内向、不擅长搞人际关系的人。

而最高级的山岳工作者，就是我们耳熟能详的夏尔巴人（Sharpa），通常活动于萨加玛塔国家公园的昆布地区，以及其他一些8000米级高峰所在区域，为登山探险队提供服务。由于在这个地球上不依靠夏尔巴高山协作就能登上8000米级高峰的人屈指可数，所以他们的价值显露无遗。不过尽管夏尔巴高山协作接一单生意的收入高达数千甚至上万美元，可始终是存在生命危险的。

对于普通的尼泊尔山区人来说，这两个极端基本都与他们无缘，一般来说都是从为游客运送行李的背夫开始入这行的门。头脑灵活点的人会在做背夫的过程中充分积累人脉、提高英语水平、熟悉景区的地理知识，当这种积累达到一定程度，就可以去尝试考取向导（Guide）资格认证了。

在印度教徒眼里，牛之所以是神牛，是因为它是湿婆神的坐骑公牛南迪

（下图）这只是乔姆隆河谷段无尽台阶的冰山一角

　　向导是比较高端的山岳活动协作，在行程中主要行使管理背夫、安排饮食起居、介绍景点、规划日程，以及确保整个队伍的人身安全这些接近于领队的协调职能，通常只需要背负少量的行李，收入又比背夫高一个档次，甚至还能吃各个饭馆、客栈的回扣，可以说是很有前途的工作，像我们的向导桑托斯先生就是个非常成功的例子。

最后的驿站多万

我早早到达了前往安纳布尔纳大本营路上最后一个要过夜的驿站多万，这个村子深埋在莫迪河谷之中，风景与上希努瓦有点类似，除了鱼尾峰那开叉的峰尖之外并无更多新意。由于两侧均有高山阻挡，多万一天之内能照到太阳的时间屈指可数。在隆冬季节若无日照，气温会跌至10摄氏度以下。

当然，这只是相对而言，实际上多万的环境和物质条件是乔姆隆往上、雪线以下所有休息点中最好的一个。

在安纳布尔纳保护区这样的地方，洗一个舒服的热水澡是一种奢望，但在多万却有非常干净的浴室来满足你的愿望。再让人意外的是，烧热水的是煤气罐而非不稳定的太阳能。乔姆隆和竹林村虽然也提供淋浴，不过在人声鼎沸的乔姆隆需要排较长时间的队，而竹林村的浴室相对要简陋很多。

等候队友到来的这段时间我并没有心情去休息或者沐浴更衣，而是继续到处打听山上的积雪情况。时值傍晚时分，陆陆续续有从山上撤下来的游客路经此地，而我打听到的结果可谓是喜忧参半。

好消息是大本营还是能上去，只不过刚下了几场大雪，雪线以上积雪情况很严重，使得徒步的难度成倍增加。关于是否需要冰爪也是众说纷纭，有些人把形势描绘得很糟糕，而另一些人则表示不用冰爪也问题不大。

为了保险起见，我本想向下撤的游客购买一副冰爪，但询了几次价无一不是狮子大开口，最贵的甚至要价50美元一副，这是打算趁火打劫把门票钱都赚回来是吧。我悻悻然又有点愠怒地放弃了购买计划，看着有几个下山的游客正在脱下套在登山鞋外面、能够有限增加鞋底摩擦力的厚袜子，心想这倒是个应急的好办法，随即心里稍稍有了点底。

入夜之后，客栈的餐厅出人意料地坐了个满满当当，这在淡季中实属罕见。在每年徒步旅行旺季的10月、11月，安纳布尔纳保护区（以及萨加玛塔国家公园）每月最多可以挤进数千游客，山间小屋全面满员，厨房全天候不熄火，甚至很多人只能风餐露宿，那是一个叫人难以想象的壮观景象。

但是到了隆冬季节，这个数字会锐减为几百人，不过这并不意味着你就真的走进了一座寂静岭，实际上在淡季的时候，人们会更有意愿更有充足的闲暇时间相互交流，而不是把时间耗费在抢一个床位和抱怨饭菜做得太慢这些事上面。

实在是找不到地方坐了的向导桑托斯先生带着三名背夫史无前例地跟我们坐在一张桌子旁吃饭。正当大家津津有味地嗑着我千里迢迢从中国带来的香瓜子时，一位看上去极其狼狈的男士在我们桌子旁的空位上坐下，一时间大家的注意力都被他吸引了过去。

相对于寻常生活，在徒步路上总能碰到更多的奇人异士，会不远万里跑到这个地方来翻山越岭的人一般都有几把刷子，能做一些常人做不到的事。比如这位在北京工作的湖南小哥，他之所以会成为全餐厅游客瞩目的焦点，不仅是因为他衣衫褴褛、蓬头垢面的狼狈外观，更为凄惨的是独行负重的他晚餐只点了一碗米饭，再冲一碗自带的紫菜汤就这么应付了。

在众人的追问下，他表示自己趁着过年公司放假一个人从西藏长途旅行到了尼泊尔。我注意到他脸颊上两块明显的高原红，显示他所言非虚。在樟木口岸，他把剩余所有的现金都换成了尼泊尔卢比，岂料走到安纳布尔纳保护区的时候已接近弹尽粮绝，吃饭和住宿都只能选择最低限度的保障。

他得知我次日要直接走到安纳布尔纳大本营后表示希望同行，我欣然应允。然而第二天一早，我去招呼他出发的时候，却发现这位老兄混迹在一群背夫之间，睡在宿舍后面一间不通风的铁皮简易房里，看上去是真的没钱了（其实普通客房的住宿费只需要120卢比而已）。

或许是因为缺钱后吃不饱、睡不踏实，对这位85后的小兄弟身体状态影响很大，出发后不久他就远远地落在了我和背夫的身后，尽管最终他还是在当天赶到了安纳布尔纳大本营，但到达时已经是傍晚6点半了（我到达时是下午4点），相当于负重在雪地中跋涉了将近10个钟头。这样的穷游我觉得是大多数人都无法忍受的。不过此时的我，情况比之湖南兄弟也好不到哪儿去。

再说在多万的那一晚，由于我第二天就要离开队伍独行，在此之前需要与队友们结清前三天的费用。当我与老王和Cindy结账的时候，忽然感到大事不妙，对山上费用开销的预计不足，让我在出发前没有兑换足够的卢比，以至于仅徒步三天就出现了现金短缺的状况，手头剩下的钱看上去是无法支撑到我走出山谷回到博卡拉的。

我在前文提到过，在安纳布尔纳保护区内只通用尼泊尔卢比，美元和人民币是无法直接使用的，要兑换也只有去乔姆隆找私人客栈老板，以极低的汇率搞一些来应急。而此时乔姆隆早已远在身后，换言之，我至少要靠手上的卢比现金维持到下山途中路过乔姆隆。

进退维谷之际，依然是队友们伸出了援助之手。在知晓我的窘境后，老王和Cindy经过商议，从队伍的预算中挤出一些卢比额度兑换给了我。而鉴于我连个水壶都没有的凄惨状况，小姨送给了我一个酸奶塑料瓶作为备用。

这一刻我当然还不知道，这个瓶子之后发挥的作用会远远超过我的想象。

关于多万（海拔2530米）

山间小屋： 多万客栈（Dovan Guest House and Restaurant）

近安纳布尔纳小屋（Annapurna Approch Lodge）

一流小屋（Tip Top Lodge）

机构： 无

要点： 如果你和我一样，准备从多万出发，在一天之内可以走到大本营，那最好在这里寄存大部分甚至是所有装备，只带一个睡袋往上冲也没什么不可以。因为往上不远就会到达冬季雪线，雪线以上本不是适合人类生存居住的严酷环境，在那里你想做的、能做的事应该不会很多，带很多装备并没有太大意义。寄存行李是完全免费的。

多万有极为干净的淋浴设施，价格是100卢比/人，不算贵，也不限制时间，尽管如此，考虑到山区的节能环保、煤气罐运输的不便，以及后面排队的人们，还是多点公德心，尽量快速解决。

Chapter 6

走向圣地

我的背夫阿明

第二天一早，我站在客栈的院子里来回踱步，看着游客们纷纷收拾行装逐渐离去，心中有些许的焦虑。已经到了约定出发的时间，但说好一起出发的湖南小哥还没出现。被桑托斯先生分配来跟我一起走完剩下行程的背夫阿明，不知从哪里找来了两根齐眉高的竹竿，并示意我可以使用其中一根，以作为登山杖使用。

多万附近是成片的竹林，想必他是就地取材从林子里找来的。我拿起竹竿挥了几下，顿时棍影飞舞、虎虎生风，不愧是原产自安纳布尔纳圣地的竹子，质地果然十分坚硬，心说这不就是打狗棒嘛，这哥们倒还挺聪明的。

跟随我的背夫阿明，全名是明·阿布达纳·师尼水，这些用字来自他用不太切切的字迹写给我的一张地址便条，所以我并不确定是否准确。这位26岁的强壮青年协助我走完了整11天安纳布尔纳大本营的行程，是我在尼泊尔的旅行中相处时间最长的一个人。

阿明的家乡在博卡拉北部、安纳布尔纳保护区南坡脚下相当于一个县级行政单位的卡斯基郡（Kaski District），与另外两名长相与西藏藏族人几乎没什么区别的达芒族（或古荣族、马迦族）背夫不同，肤色黝黑的他可能属于比较高级的巴浑族（或沙提族）。不过与萨克塞斯那种城市人不同的是，种族的高低与否对乡下人来说是没什么意义的，无论他们属于高级还是低级种族，只要生活在山区或农村，就没有什么社会地位可言。

尽管早在1963年尼泊尔就废除了数千年的种姓制度，但是这种根深蒂固的习俗可不是一时半会就能改变得了的，从桑托斯给三名背夫安排工作这件事上就能很明显地看出这种区别对待。另外两名老实巴交又几乎不会英语的达芒族背夫负担了大部分的行李，而阿明则相对而言轻松得多，而且，当我今天要离开队伍独自行动、需要一名背夫跟随时，桑托斯又把这份美差交给了他。

之所以说这是美差，是因为若通过旅行社接业务，那么背夫的收入有很大一部分需要当做份子钱交给旅行社，只有结束行程后从游客那里收取的小费才是真正的净收入（一般相当于一天的工资），桑托斯把收取小费以及在沿途旅店培养人脉拿回扣的机会给了阿明，这算是相当关照的了。

尽管肤色不同，但阿明的想法与我们身边的同龄青年相比并无太大的差异

　　另外，比起小K队伍一行零碎甚多的女士们和装备党老王等人，秉承"11公斤原则"的我的行李非常少，雇用阿明很大程度上是出于安全考虑，在绝大多数时间里他只是轻装陪走而已。

　　所以，当我知道是阿明跟着我的时候，随即朝他哈哈一笑："阿明先生，今天是你的幸运日（Mr Min，Today is your lucky day）。"

　　等得实在不耐烦的我几乎把客栈翻遍，终于在屋子后面的铁皮箱里找到了还处于睡眼惺忪状态的湖南小哥，他在不通风的铁皮箱里跟一群背夫挤在一起凑合窝着，这睡眠质量可想而知。

　　时钟指向接近8点的位置，我催促着他赶紧收拾收拾启程。此时我已经寄存了大部分行李，剩余的少量衣物、睡袋、食物由阿明负责背负。为了应对可能存在的雪崩，我穿上了在出发前紧急购入的带有雪崩定位反射体的防水冲锋裤。

　　所谓雪崩定位反射体，是一种附加在裤子外侧、带有塑料外壳的电路板，能够反射雪崩探测器材发出的信号，从而降低在发生雪崩时搜索遇难者的难度。当然，我希望它永远不要发挥作用。

　　此外，我还借鉴昨天那些游客的经验，在登山鞋外套上了厚袜子用来防滑。手上的装备除了单反相机外，就只有打狗棒登山杖和小姨送我的酸奶塑料瓶了，看上去是寒酸了点，可在实用性上是无可挑剔的。

　　上午8点，小K队伍总共8人、阿明与我的2人组合加上湖南小哥，11人的队伍开始向大本营进发，只不过是不同的大本营而已。依然倍感压力的我也不再保留任何实力，从出发伊始就马力全开、全速前进。对我来说，今天不仅仅是一段艰难的路程，更像是对自己10年来的无数次登山、徒步旅行经历的一次阶段性大考。

　　仅就徒步而言，背夫阿明是个神一样的队友。与其他山里人一样，他拥有极其强悍的体能和行进速度。在向上攀升的时候，负重的他能长时间甩开轻装上阵的我50米以上。在我的徒步速度接近极限的情况下，也只能勉强跟得上他闲庭信步般的节奏。打个比方，如果我的实力是100分，那么他至少是在150分以上。

　　与实力强大的队友一起徒步，客观上他会一定程度将你的速度带起来。事实上，在出发仅仅30分钟后，阿明和我就已经看不到后面队伍的身影了。当我再次见到小K一行人时，已经是第二天下撤到鱼尾峰大本营的事了。

多万至安纳布尔纳大本营徒步地图

看着这些雪崩遗迹，不难想象，当时事发时是怎样一番雷霆万钧之势

多万（Dobhan）— 喜马拉雅（Himalaya）— 脊顶村（Deurali），
2520米 ↗ 2900米 ↗ 3200米，3小时

　　在喜马拉雅山区徒步的一大乐趣，就是你能切身体会身边的自然环境在短时间内的迅速变化。以走这条安纳布尔纳圣地徒步线路为例，从出发地纳亚普尔的低洼河谷到甘杜克的中山区草甸，再翻过几个较矮山丘的鞍部，当跨过最后一道河流乔姆隆河之后，就会进入安纳布尔纳群峰南坡外围面向南侧的丛林地带。

　　钻出丛林之后，在喜马拉雅和脊顶村之间会遭遇一大一小两条雪崩形成的小型冰河，此时在我们东侧较为陡峭山壁的顶端，正是海拔6434米的"雪崩之王"希恩楚里峰，短短4公里不到的直线距离内落差是3000米以上，这种地形一旦发生雪崩，可谓雷霆万钧、势不可挡，这些由崩落的雪块堆积而成的冰河当然也是它的得意之作。冰河上大大小小的雪块在烈日和狂风的打磨之下已经变得极其坚硬，想必若干年后就会风化成石。

在寄希望于"雪崩之王"暂时沉睡的同时，我们必须从冰河上径直跨过，之后迎接我们的是一段海拔高度极速上升的岩层断裂带。这种地形实际上是由一些因地质构造活动而崩塌的岩石形成的天然阶梯，高差比乔姆隆那里人工修缮的青石板台阶要大得多。只有攀上了岩层的顶部，才能来到位于海拔3200米的脊顶村附近的雪线末梢。

一般来说，世界上很少有这样的区域，能让旅行者在数日的徒步旅行期间领略到如此复杂多变的地形地貌变化，并适时依靠自身的能力进行应对。台阶、土坡、盘根错节的丛林、漫水滩、冰河遗迹乃至之后的高山雪原，从博卡拉盆地的温暖如春到雪线之上的寒风凛冽，即使于我这样外出徒步旅行很频繁的人而言，也是一次绝无仅有的体验。

途中能发现不少冰川融水径流的取水口，经亲身体验直接饮用绝无问题，口味直逼纯净饮品、天大山泉之流，前提是你的喉咙扛得住那冰冷刺骨的水温，或许在不远的将来，当思泪的人发现把这些几乎取之不尽的水资源装瓶运出去卖也能发大财时，我们在超市里就会看到安纳布尔纳冰川矿泉水这件新商品了。

喜马拉雅和脊顶村是两个小型休息站，不过麻雀虽小，五脏俱全，它们一共拥有6家山间小屋，基本的住宿、餐饮保障绝无问题。其实，若是只有4天时间供你走到海拔4130米的安纳布尔纳大本营，那么在第三天晚上就应该抵达这两处中的随意一处过夜，以降低最后一天攻顶的难度。

若是和我一样，在雪线最低的冬季只用一天时间从多万冲击安纳布尔纳大本营的话，其间所经受的极限考验将会令你终身难忘，同时，也将是终生受益。

关于喜马拉雅（海拔2920米）和脊顶村（3200米）

山间小屋： 共6家，据观察冬季入住率不到10%。

机构： 无

要点： 沿途是地质构造较不稳定的区域，会穿越两个雪崩遗迹和陡峭的岩层断裂带，一定要注意观察周边情况，在保证安全的前提下尽量快速通过。

遭遇雪崩断路

脊顶村（Deurali）— 鱼尾峰大本营（MBC），3200米↗3700米，

无积雪期1.5~2小时，积雪期3~5小时

　　"Deurali"在尼泊尔语中是"山脊顶部（Ridge Top）"的意思，属于尼泊尔境内山地区域中的一个泛用名，特指某些贴近雪线或坐落在山脊棱线位的村落。从这里再向前走就将是被冰雪主宰的世界，植被将会越来越少，直至仅剩下低矮的灌木和草甸，以及最后积雪覆盖的不毛之地。

坐落在悬崖边、海拔3200米的脊顶村，附近的植被已经相当稀少了

（上图）雪线以上就是滴水成冰的世界了

（中图）前方左侧的道路被雪崩碛石阻断，只能往右侧绕行

（下图）冰雪混合路是所有徒步地形中最为复杂的一种

然而与中国西藏的喜马拉雅山脉北坡不同的是，南坡尽管海拔一再攀升，空气中的含氧量却并无明显下降，缘于此处较北坡湿润得多的气候。同样的隆冬季节，当我回程在贡嘎机场转机的时候，一走出飞机舱门，就能感到那种缺氧带来的压迫感。

然而，也正是基于没有明显的高原反应这一点，我对此路段的艰难程度作出了较为明显的误判——之前的路途太顺利了，从多万出发后虽然几乎没有一寸平地，也没有修整完善的台阶路，需要不断沿着乱石堆攀爬，但这对于在城市生活中坚持每天走楼梯而基本不乘电梯的我而言，在轻装不负重的情况下倒也并无特别费劲之处。3个小时的标准时间，我与阿明二人仅耗费2小时就搞定，难免就在思想上产生了轻视。

造成误判的另一个原因是不可抗力——雪崩断路。去过和准备去走安纳布尔纳大本营徒步线路的旅行者都清楚，徒步路上威名赫赫的连环雪崩区（Avalanche Risk Area）时常让人闻之色变。

我曾经多次提到过，引发雪崩的元凶主要是海拔不算很高的希恩楚里峰东侧山壁，那是一个相对落差达到3000米的大断崖。如果在东侧山壁的断崖下行走，一旦发生雪崩，那就真是插翅难飞了。

冰雪来自世界上最柔软的物质——水，但是水虽至柔，却也至刚，集合在一起就具有无坚不摧的威力。无论是保护区方面提供的资料，还是景区内各个休息站的看板，都反复强调了游客需要对雪崩的风险有清醒的认识，绝不能掉以轻心。我在回程时曾目睹过一次雪崩，规模虽不大，可其震耳欲聋、响彻整个山谷的巨大轰鸣声着实教人惊心动魄。

在一连串大大小小的雪崩区中，最主要的两个都集中在脊顶村到鱼尾峰大本营的途中，确切来说，就是在脊顶村北侧的数公里范围内。

鱼尾峰诡异的西面

　　从脊顶村出发后会发现两侧的山谷陡然收窄，鱼尾峰大本营就在这条山谷的尽头。山谷中间的乱石滩是远古冰川残留下的遗迹，屡屡提到的莫迪河在此为上游，只是一条河道仅数米宽，流量却非常可观的小溪。溪流从乱石滩中穿过，把这条山谷分割成西岸（行进方向的左侧）和东岸（行进方向的右侧）。

　　常规线路是从西岸走，也就是沿着希恩楚里峰的东侧山壁前进。这条路距离较短，而脊顶村到鱼尾峰大本营的2个小时标准耗时也是基于这条路来说的。

　　然而，当我离开脊顶村后，远远地就望见了西岸前方被一大堆积雪阻断了去路，那便是由雪崩造成的，已把常规线路完全淹没至无法通过。即使能通过，也不会有谁有这么大的胆量，为了节省那么点时间，冒着巨大的风险再走这条道。

　　至此，我才真正明白，之前在乔姆隆和多万听到的关于山上难走的传言确切的意思。为了让游客能正常前往安纳布尔纳大本营，保护区方面在此架设了一座便桥，我们需要从这里过桥走到东岸，绕过两个雪崩区后，再回到西岸。而绕行东岸起码耗时3小时以上，若队伍的实力参差不齐，那么延长到5小时甚

神山冈仁波齐的西北面

至更久也不是不可能的事。

　　这一切事先当然是无法预料的，正如你永远不知道明天会有什么样的遭遇。

　　无奈之下我们只能随机应变，过河后沿东岸的乱石滩继续前进。绕行路段完全被积雪覆盖，属于乱石、杂草、冰雪混合缓坡路，其中还夹杂了不少陷阱重重的湿滑岩石，是整个徒步过程中最艰难的一段，体力消耗会非常大。更为残酷的现实是，直到鱼尾峰大本营之前，将不会有任何休息点或者补给站。

　　没有冰爪的情况下走这段路比想象中要艰难些，尤其是在爬一些雪坡的时候，一脚踩下去马上就往下滑了，必须耗费比平时更多的力气去抓牢踩实地面才行，相应地，体力消耗也会成倍增加。在暴晒的烈日下干渴得频繁喝水，导致上路后不久我就断水了，此时小姨赠送的酸奶塑料瓶成了我的救命稻草。

　　我从路边扒了一些看上去比较干净的雪装进瓶子，直至把瓶子完全塞满，然后装进衣服的内侧口袋，试图等这些雪完全融化掉变成饮用水。试了几次以后发现办法虽然可行，但融化得来的雪水只有那可怜巴巴的一点点，到后来只能直接扒雪吃了。

有得必有失，尽管饮用雪水暂时解了燃眉之急，但它的副作用很快就显现出来了。

根据方位，绕行路所在的莫迪河东岸正位于鱼尾峰的脚下。过河后不久会发现右侧山壁豁开一道口子，鱼尾峰那造型极为优美、如金字塔般的西壁真如一座神灵似的高高在上。这个地点看到的是鱼尾峰6993米的那个峰尖，我和它之间的直线距离不到5公里，相对落差却达到了3500米以上，令人望而生畏。

这个角度让我想起了冈仁波齐峰转山路上看到的神山西壁，同为禁登神山的两者确有不少异曲同工之处，显得十分庄严的同时，朦胧中还带有些许诡秘。事后当我每次看到鱼尾峰这个角度的照片时，都会有点后悔为什么没有顺着这个豁口再往上走一点，也从没见过有人这么做，可能走到此地的时候，人人都已经是强弩之末。

说是强弩之末并非危言耸听，但是煎熬还远未结束，随着海拔渐渐升高，急剧下降的不仅是体能，还有自身的体温。好不容易绕过雪崩区，回到了莫迪河西岸后，眼前呈现的并不是目的地之一鱼尾峰大本营，而是颇为令人绝望的完全将道路覆盖了的厚重积雪，附带一个垂直落差将近300米的大型雪坡。

此时，山谷两侧的山体收得更窄，呈拔地而起之势，在接近安纳布尔纳峰群核心地带之前，勾勒出一个巨大的U字形山谷。从山体上的纹理来看，到处都是冰川雕琢的痕迹，无疑在喜马拉雅山脉形成初期，这里有一条大型的山谷冰川（姑且称之为安纳布尔纳一号冰川），末梢大概能延伸到脊顶村附近甚至更远，这个U字形山谷大概就是在几十万年的冰川运动中被切割出来的。

如今从气候上说整个地球处于间冰期，雪线和冰川都大幅后退，原先的一号冰川也几乎全部消失，只剩下作为遗迹的乱石，而冰川上部也分化为了三条：分别是东、西、南安纳布尔纳冰川。东安纳布尔纳冰川（East Annapurna Glacier）发源于安纳布尔纳三号峰和冈嘉布尔纳峰，西安纳布尔纳冰川（West Annapurna Glacier）发源于冰川穹顶峰，规模最大的南安纳布尔纳冰川（South Annapurna Glacier）是发源于海拔最高的一号峰。

但是在看到这些憧憬中的"大佬"之前，我首先得爬上这个该死的积雪缓坡。我回过头去看看自己走上来的路，忽然发觉这片将自己折磨得无比凄惨的不毛之地竟是如此令人窒息般的壮丽。

或许与生活一样，不跨越一些艰难，不站到更高的地方，你就永远不会意识到自己走过了一段多么不可思议的旅程。

尽管看上去不远了，可从拍照的位置走到山丘上的鱼尾峰大本营，我至少花费了30分钟

有名无实的鱼尾峰大本营

鱼尾峰大本营（Machhapuchhare Base Camp，3700米）

当然，世事常常会给你一种更实际的感觉，那就是当你身处其中的时候，总是如同这一刻的我被困在雪坡上一样举步维艰。

我已经耗尽了所有体力，基本上到了走百十米就要停下来歇息的地步。在踉踉跄跄地挪动脚步之间，我发现一些乌云正在往头顶上聚拢，很快我便从暴晒的烈日下转移到了乌云的阴影里，这显然不是个好兆头。

瞬间暴跌的气温，让我持续饮用雪水的副作用立刻显现，我感到脏腑的温度在飞快下降，本来浸透头发和全身的温热汗水迅速变成冰水，使人仿佛突然掉进了一座冰窖，体温止不住地随风下降。我咬紧牙关加快移动速度，因为我知道自己遇到大麻烦了。

正当天气状况急转直下、雪片纷乱着到处落下的时候，我总算是隐约看到了坐落在山梁之上的鱼尾峰大本营。它的位置是在一个三岔路口上，南侧就是我们一路走来的方向，北侧通往莫迪河的源头，西侧是前往安纳布尔纳大本营的唯一通道，一夫当关、居高临下地扼守着咽喉要道。在鱼尾峰被列为禁登神山的背景下，这个所谓的大本营已经有名无实，与其他徒步路上的驿站并无太大区别。

走进山间小屋的饭堂后，体力完全枯竭的我几乎是瘫坐了下来，四肢在几分钟之内就开始发冷发麻，继而渐渐失去知觉，像被人卡住喉咙似的呼吸也开始困难起来，虽然我看不到自己当时的样子，但想必是一种相当恐怖的面无人色。

对于这样的状况我并不陌生。2009年第一次去西藏时，我曾独自一人饿着肚子爬到纳木错扎西半岛山顶，在山顶的双子亭有过类似的遭遇。那一次精疲力竭的我陷入了一时的昏迷，是生命中几次接近死亡的经历之一。

我像哮喘病发作了一样大口大口地喘着粗气，艰难地转过头望着窗外越来越恶劣的天气，心里暗暗庆幸，幸亏有那番与死神擦肩而过的经历，才不会对目前这糟糕的处境感到慌乱。

两个正准备向山顶出发的老外看到我这般死去活来的样子被吓坏了，关切地询问是否需要帮助，我当时已没力气说什么话，摆了摆手示意没关系。这两位老兄是克罗地亚人马丁·图尔克和英国人纽卡斯尔，而我们的缘分并不只这一面之缘，稍后在安纳布尔纳大本营还会继续。

之所以没有惊慌失措，是因为我知道呼吸困难和四肢发麻都是体温下降、体力透支后的肌肉、脏腑缺氧所导致的，从现在自己的神志还算清醒来判断，不算是很严重的状况，至少大脑还没缺氧，大脑不缺氧就说明了没有高反症状，这就心定一大半了。而我现在要做的事情，就是马上吃东西补充体力，在尽可能短的时间内恢复体温。

好在，与扎西半岛荒无人烟的死亡土丘相比，这里海拔要低了1000米，有遮风挡雨的屋子，还有在屈指可数的时间里就能端到你面前的热菜热饭。

在最短的时间内，我把身上剩余的所有巧克力棒全部吃完，附带一杯放了重糖的红茶。四肢开始恢复知觉的同时，一口气渐渐缓了过来，我开始慢慢享受已经吃到厌倦的蛋炒饭和蘑菇汤。在这种环境下，这些煮热的食物几乎就是山珍海味。

这个季节冲击安纳布尔纳大本营的人不多，两位老外出发之后，饭堂里只剩下一支韩国队伍在休整，一对父母还把自己看上去只有5岁大的儿子带了上来，这对于中国家长而言几乎是难以想象的。这对父母看到天气转坏，便打算把儿子留在这里，自己去山上转一圈就撤下来，并拜托小屋老板照顾一下。

　　小男孩对此似乎没什么异议，爸妈走后就自顾自在饭堂里到处玩耍，还跑过来打量一脸狼狈的我，心里肯定在想我一小屁孩都能走上来的路，怎么会把一个成年人虐得那么惨。

　　我想开口搭个讪，却又不知该说什么好，也实在是没力气开口，心想还真应了那句老话——初生牛犊不怕虎，自古英雄出少年。

关于鱼尾峰大本营（海拔3700米）

　　山间小屋：4家，建议选择最深处的鱼尾峰客栈（Macchapuchhre Guest House），那个客栈的平台景观相当不错。

　　机构：无

　　要点：除了隆冬季节之外，该区域（脊顶村直到安纳布尔纳大本营）几乎不会有积雪，地形属于灌木和泥土混杂的缓坡，行走难度并不大。

　　值得关注的是，与大多数高海拔地区相似，安纳布尔纳山区午后变天的状况依然十分常见，甚至可以说，其天气状况是我到过的所有高山区内最不稳定的；因此，每天在条件允许的范围内尽早出发、尽早到达目的地，是徒步中应遵循的铁律之一。

　　另外，雪崩致命甚至致使游客团灭的事件并不是没有发生过，尤其是在春暖花开的季节，冰雪消融，雪崩活动极为活跃，旅行者一定要在附近休息站随时关注这方面的最新消息，在风险很大的情况下建议绕行鱼尾峰西壁下的莫迪河东岸，可确保万无一失。

那一刻的回头，我泪流满面

鱼尾峰大本营（MBC）—安纳布尔纳大本营（ABC），3700米

↗4130米，无积雪期1.5~2小时，积雪期2.5~3小时

　　早上8:00从多万出发，13:30到达MBC，剔除中途累计休息的30分钟，这5个小时的跋涉几乎将我的体能榨干。脑海中好几次划过打退堂鼓的念头——今天就在鱼尾峰大本营休息算了。

　　但是我骨子里是个要强的人，在暂时的虚弱得到缓解后，我于14:00离开MBC，面对这眼前最后430米的攀升路，虽然我的体力槽已经见底，却早有了仅用意志力支撑到底的决心。

　　最后这段路尽管海拔上升的幅度与之前脊顶村到鱼尾峰大本营相差无几，但在地形上不再那么复杂——1公里的连续雪地缓坡，高程差130米，粗略一算就知道坡度是6度左右。攀登、前进，再攀登、再前进，脑子里除了将自己的呼吸调整得如开了节拍器那样稳定之外，再没有剩余的空间去考虑别的事情。

　　（下左图）从鱼尾峰大本营到安纳布尔纳大本营是寸草不生的积雪缓坡

　　（下右图）神山之所以被称为神山，是因为它毫无由来地具有一种震撼人心的力量

巨石上写着离ABC还有1小时路程，可笑的是ahead居然还给拼错了

　　我想告诉大家的是，即使是在积雪最厚重的冬季，这4公里也远没有你想象中那么艰难，甚至比我这一刻坐在电脑前码下这些字更容易。它有点像浓缩了的日常生活，每天重复着前一天，每代人重复着前一代人，正如此一步重复着前一步。

　　但最重要的是，这样的重复对每个人而言意义何在？是什么样的动力在促使着人们甘愿忍受这样枯燥乏味的周而复始？是梦想，是希望，还是不得不走下去？

　　午后的天气转坏得什么也看不见，就在步履蹒跚、走得有些崩溃的时候，不知是什么原因和力量驱使着我鬼使神差地猛一回头。

　　生命中总有一些说不清道不明的事，就比如我这一刻的猛回头，只见一直盘踞在鱼尾峰上的云雾如幕布一般拉开，那如金字塔一般美貌至极的西北壁居高临下地与我对视，冷艳不可方物，却又那么慈祥，我不是一个情绪化的人，眼泪却在此刻夺眶而出。

　　我真的快走不动了，同样的脚步，同样的呼吸节奏，就像寻常生活的每一天，重复着同样的路、同样的事，就连每天等车的人，也是那同样的几个，就像世俗生活中的芸芸众生，重复着雷同的生活方式，重复着上一代人的生命轨迹。

　　我们哭泣着来到这个世上，从咿呀学语到盖棺定论，都在殚精竭虑去认识这个世界，费尽心力地寻找存在的意义，要犯多少错误，要走多少弯路，要付出多少代价——我相信世间一切皆有因果，也从来没有像现在那么确定，如果是为了这一刻的邂逅，那么曾经经历的所有艰难困苦都是值得的。

先行离去的阿明早已消失在茫茫雪原，周遭空无一人，只剩我与神山两两相望。尽管没有旁证，但我确信，人与自然不期而遇，却又能彼此心灵相通的此刻，我们的生命必然闪闪发光。我边用已快冻僵的手指按下快门，边想着，每当生命散发出耀眼光芒的时候，往往却是如此无人问津般的寂寥。

现实永远不会充满浪漫情怀，世事也不会总是如三得利啤酒广告那样，挖个大坑后轻而易举地填满，给大家一个皆大欢喜的结局。因此，每每经历上述那样刺激肾上腺素的惊鸿一瞥之后，我总是告诫自己，要以最快的速度恢复平静，在这之后，一切可能如故，或者更为糟糕，事实上，有些坑是终你一生都未必能填得满的。

挥别神山继续前进，天色越发阴沉，不久后就看到那块著名的"坑爹石"——之所以这么说，是因为石头上写着到安纳布尔纳大本营还有一个小时的路程，其实在积雪期远不止，等于给旅行者画了个比想象中更难吃到的大饼。

这块年代久远的指示巨石，应该是在喜马拉雅造山运动的初期从山体上崩落的，在安纳布尔纳大本营附近还可以看到不少同类巨石。它的确切位置是MBC往ABC方向大约1/3路程的时候，距离安纳布尔纳大本营还有2~3公里。

阿明在巨石下躲避着并不算猛烈的风雪，边歇息边等着我到来。我有些不耐烦地问他离终点还有多远，阿明指了指雪原的尽头。我顺着他指的方向远眺出去才知道，在"坑爹石"附近已经能远远眺望到ABC的营地小屋。而对于此时我的体能状况而言，那几乎是远在天边。

离开"坑爹石"后，一直在耳边呼啸的风声忽然停了，停得彻彻底底，整个世界一下子变得悄无声息，除了自己的气喘吁吁和嗡嗡的耳鸣之外，上次经历如此趋于极致的安静已经不知道是什么时候的事了。

我知道情况不妙，可沉重得像灌了铅一样的双腿拖累着我无法将自己的行走节奏提高哪怕一拍——无疑，这就是传说中的暴风雪前的宁静。

暴风雪，安纳布尔纳的见面礼

Annapurna Base Camp Heartly，4130米

山谷彼端被迷雾笼罩，看不见群峰的样子，涌出的一阵阵贴着地面如剑气一般的刀风卷起无数坚硬的雪片，砸在冲锋衣上噼啪作响，我感到眼睛也快要睁不开了。

我觉得那是安纳布尔纳群峰在施展它们拿手的冰雪魔法，不过我又在心里暗暗庆幸，看来安纳布尔纳众神并没有想置远道而来的我于绝地，只不过拿出两三成功力给我开开眼而已。

作为14座8000米级高峰中登顶人数最少、登山死亡率最高的"杀手之王"，如果安纳布尔纳群峰一直都以风和日丽的和谐姿态示人，那绝对是一种有损威名的举动。现在这么故作姿态、小打小闹一番，算是给我一个下马威，完全可以理解。

而且，此时的时间是下午3点，"关门时间"已过，刮起暴风雪完全符合自然规律。所谓"关门时间"，是登极高山的一个基本原则和铁律，即登顶一定要在下午2点之前完成，只要到了这个时间，无论走到哪里都必须下撤，因为在高原和雪山区域，后半天天气转坏的可能性极高。

有高原经验的旅行者对此一定深有体会，只要稍加留意就会发现，在高海拔地区，上午晴空万里，中午山峰开始上云，继而午后变天，再到日落前后云层消散，这是极为常见的一日变化规律。我曾经查阅过不少喜马拉雅登山史的相关资料，发现相当多的登山家都是死在了登顶之后的下撤路上，究其原因，无非就是错过了"关门时间"而遭遇了足以致命的恶劣天气。

好比眼下遭遇的这场风雪，对于我们这种仅仅活动在4000米左右"较低"海拔的徒步旅行者而言可能并没有多大威胁，可试想要是此刻有登山家活动在7000米以上的生命禁区，那毫无疑问会是一场灭顶之灾。

从另一个侧面，我也终于稍稍体会到，为什么安纳布尔纳峰会成为8000米级高峰中最高调的"杀手之王"——北纬28度的超低纬度所营造的天气变化太过无常了，我几乎

（上图）徒步前往安纳布尔纳大本营的经历会令我终生难忘

（下图）看似狂暴的风雪实则雷声大雨点小

觉得任何先进的科技手段都会对预测安纳布尔纳核心区的天气变化束手无策，你根本不知道下一秒钟砸在你头上的是暴晒的烈日还是肆虐的风雪。无论是观景还是登山，似乎一切都要视安纳布尔纳众神的心情而定。

想到这里，不知为何，心里却有一丝丝的欣慰。

在漫天飞舞的雪片中，我艰难地抬起头，巨大的看板映入眼帘，心中一时五味杂陈。经过多年旅行以来最艰难的一次攀登，经过10年的百转千回，我现在终于可以说一句：

——Namaste，Annapurna.（你好，安纳布尔纳。）

却又在心里很没出息地抱怨着，为什么要把看板立在离营地那么远的地方。

Chapter 7

你好，安纳布尔纳

为了爱与和平干杯

 围炉夜话

安纳布尔纳圣心小屋（Annnpurna Sanctuary Lodge & Restrant，海拔4130米）

　　到达念叨已久的安纳布尔纳大本营，我并没有想象中的兴奋。暴风雪带来的刺骨寒冷，平心而论，在深冬季节，在海拔超过4000米的高度，这种程度的寒冷算是很客气的了。

　　在10月、11月这样的徒步旺季，这里几乎所有的客栈都会爆棚，很多人只能在外面的空地露营，生活资源稀缺，午饭一不留神就会吃成晚饭。而眼下，我住的这家客栈仅有8名游客，再算上差不多相同人数的向导、背夫，甚至加上客栈老板，也不超过20个人。当晚，整个大本营的人加起来仅有50人左右。

　　——你明白我的意思了吧？要去安纳布尔纳大本营，选2月份，没错的。

　　我在房间里呆坐了一会儿，试图恢复一下体力，但很快就被逼人的寒气赶了出去。风雪不停，待在室外就只有吃西北风了，几乎所有人都聚集在饭堂里烤火取暖，当我最后一个走进饭堂的时候，这里早已是一派谈笑风生的和谐景象。

　　8名游客除了我之外，还有两位北京姑娘雨文和刘欣，其余5人都是西方游客，分别来自英国纽卡斯尔（Newcastle）、克罗地亚（Croatia）、德国柏林（Berlin）、英国伦敦（London）和美国。若论到此的距离，我要是说不远万里前来，比起这些来此一趟要飞越万水千山的西方人而言，似乎有些小巫见大巫了。

　　我的英语口语水平的糟糕程度很难用语言形容，在本职工作中也没有需要应用到英语的场合，使用率无限趋向于零，所以要与这些外国人聊天，其难度不亚于之前的雪地攀爬。不过，我有两个日积月累所形成的优势。

　　其一，作为一个地理爱好者和雪山情结者，平时为了查阅一些冷门的数据或典故，需要经常翻看英语地图、英语维基百科等非母语地理资料，所以在英语地理词汇上颇有心得，这就很大程度上弥补了口语能力不足的劣势。

　　所谓勤能补拙、笨鸟先飞，通常大家都很难理解我对这些地名、山峰、河流的中英文熟悉程度之高，其实这是建立在把这些区域的地图看过无数遍的基础上的，这与英语水平并没有太大关系。有些旅行者可能商务英语能力很强，可到了喜马拉雅山区往往会觉得发挥不出这方面的优势，因为商务英语中并不会用到诸如avalanche（雪崩）、glacier（冰川）、moraine（冰碛）这类单词。

　　其二，就是脸皮够厚，敢说也不怕说错。我们不要先入为主地觉得老外的英语都很好，就像中国人并非个个语文都很厉害一样。况且并不是每个外国人都以英语为母语，在大多数场合大家都是半斤八两，实在不必有太大的顾虑。也别纠结于语法之类的怕说错，因为说错是正常的，这又不是四六级考试，语言归根结底是用来交流的，相互能明白意思，能沟通就行了。

　　于是，从17:00走进饭堂到20:30回屋睡觉，我愣是东拉西扯和这帮外国人磨了3个小时嘴皮子。最先与我搭讪的正是曾在鱼尾峰大本营关心过我当时半死不活状态的克罗地亚人马丁·图尔克（Martin Turk），不过他想要搭讪的似乎并不是我，而是我的5D MARK III单反相机，因为他使用的是相对古老的第一代5D。

　　在旅途中你总是会遇到这样的人，他们习惯于把所经过的每一处都当作自己脱口秀的舞台。马丁先生看上去就是这样一个堪比赵本山小品中的"大忽悠"，尽管这位身材高大的斯拉夫人操着一口听起来十分别扭的东欧口音英语，却对我声称自己是墨西哥人。

　　大本营夜谈中他基本掌控了饭堂里的话语权，可几乎没有人知道他说的话到底哪句真哪句假。临别的时候他给了我一张名片，行程结束后我登录他的主页，才知道这个看似吊儿郎当、眼神中却潜藏着一丝忧郁的东欧青年是个专攻纪实摄影的自由摄影师。

　　另外，大家不应有"外国人比我们时髦"这种错觉，对于中国的城市人而言，闲下来就是在各种移动终端上网刷微博刷微信，前一刻西半球出个校园枪击案，这一刻东半球就能感叹人家资本主义水深火热，每个人都生怕自己落伍或者赶不上时代变化。可以说，大多数城市人的生活节奏与各种信息的刷新频率是大致同步的。

但是对于很多玩户外的欧美人士而言，由于对政治和时事漠不关心，上网是他们娱乐活动的末选，甚至不在选择之列，至少一路上我没有见过任何一个老外玩手机。闲暇时分，看书和喝酒聊天是他们最常做的事。所以从某种程度上说，他们的信息更新节奏可能比我们要缓慢得多。

例如，马丁的同伴英国人纽卡斯尔就是个典型的两耳不闻窗外事的西欧青年。这个倒霉的家伙此时正饱受高原反应造成的头痛困扰，在下山时又因膝伤发作行动缓慢而被马丁抛弃，实在是够倒霉的。好在最后厚道的德国人柏林收留了他。

我不知道纽卡斯尔的真实名字，所以只能以其家乡来代替，如果你有观看英超联赛，就应该不会对这座英国著名的港口城市感到陌生。相比于油嘴滑舌的马丁，纽卡斯尔秉承了英国人的那种古板木讷，有问必答且通常不会撒谎，完全不顾及实际情况是怎么样的。

到后来我十脆调侃了他一下，问他觉得中国女孩怎么样，不料这小伙子也不知道是不是高原反应发作了，傻乎乎地说，我觉得中国姑娘真是很美丽，不过据说很拜金，我恐怕搞不定啊！全然不顾对面坐着俩中国姑娘怒目而视。

纽卡斯尔说，中国对他而言是个神秘的国度。我觉得这种"神秘"并不是指那些看得见的东西。东西方不同的历史走向、地理特点，造就了东西方人迥然不同的思想观念。两者在数千年前就分别向左走向右走，直至今日早已是南辕北辙，"三观"上的巨大鸿沟，恐怕才是这种"神秘"的真正来源。

尽管如此，与这些老外交流依然是件乐趣满满的事，他们对于你的背景和身份一般毫无兴趣，除了询问职业（或者说专业）之外不会再问一些私人问题，谈论的话题以旅途的见闻、具体的事件或者对于一些事情的看法、见解居多，大家交流着之后要到哪里去并相互交换着情报，这样的交谈对大家而言都毫无压力。

我经常会看到不少人在谈论旅行的意义，可那些说法往往不着边际。旅行最初的意义非常简单，就四个字——文化交流。然而，基于当今世界的物本主义属性，使得眼下人们在旅行中获得的感性认识难以转变为理性认识。

因此我们可以看到，旅行已经变得越来越流于形式，成为人们满足虚荣心或者寻找存在感的载体工具，基本丧失了其文化交流的属性。在这个意义上，我觉得与中国旅行者的前辈——法显、玄奘、周达观、徐霞客们相比，怎不自惭形秽？

不过，无论外面的世界是怎样的，至少，在几乎与世隔绝的安纳布尔纳大本营的这个夜晚，旅行离它的本源似乎已经非常接近了。

末了，当我告诉一众老外，"Nepal（尼泊尔）"这个单词可以拆开来解读成"Never Ending Peace And Love（爱与和平永存）"的时候，旁听的一众背夫的爱国热情被彻底激发了出来，无一不激动得泪流满面，一声"Cheers For Peace（为和平干杯）"后众人作鸟兽散。

走出饭堂，马丁看到隔壁客栈饭堂还亮着灯，就不安分了。我看到"报仇"的机会来了，便忽悠他说，那里有几个日本妹子，你不妨去搭讪一下——他对我的信口雌黄信以为真，跟我学了句日语后，就拉着德国人柏林过去了。

看着他们屁颠屁颠远去的背影，我忍不住大笑了起来，笑得特别痛快。暴风雪早已停歇，黑夜掀起巨大的黑色翅膀笼罩着大地，安纳布尔纳众神似乎早于我们已沉沉睡去。

我仰头深吸了一口清冷却清澈的空气，晚安，安纳布尔纳。今夜的星光，依旧那么灿烂。

关于安纳布尔纳圣地（海拔4130米）

整个安纳布尔纳核心区实际是个三面环山、开口朝东的山间盆地，面积最多1平方公里。从更广阔的视角来看，这个盆地就是一个巨型冰斗。

大本营有4个山间小屋，都集中在盆地中央一块凸起的高地上，旁边的悬崖之下就是规模最大的南安纳布尔纳冰川。至于游客接待能力，这里一天最多接待百来人，而且，如果满负荷运转，大多数人的膳食基本上是没法保证的。

因此，如果选择在登山旺季前往，建议备足干粮以防出现伙食供不应求的状况。饭堂的餐桌底下有煤气炉可供烤火，收费为每人100卢比，由于背夫晚上是睡在饭堂的，在熄灯之前可以在那里蹲点，熄灯之时就得走人了。

安纳布尔纳南峰 7219
Annapurna Dakshin

巴哈楚里峰 7647
Bharha Chuli

安纳布尔纳峰 8091
Annapurna I

坳峰 650
Singgu

"叹息之墙"一号峰

Annapurna Base Camp Heartly，4130米

安纳布尔纳大本营山间小屋的房间是没有地板的，房子直接建造在较为平坦的冰碛堆积物上，入夜之后寒气就从地面源源不断地弥漫升来，我把所有能盖的衣物被褥全部都用上了，依然觉得潮湿阴冷难耐。不过由于这一天实在是太疲劳了，即便是在这样一间冰窖似的屋子里竟也能在躺下不久后就睡着。

这一觉差点睡得荒腔走板，睁开眼睛一看，太阳已经快要晒屁股了，急忙草草穿戴好就跑出门去看日照金山。在这个滴水成冰的地方不可能有什么洗漱用的淡水，每个人基本都是蓬头垢面、胡子拉碴，看上去跟野人一样没什么形象可言，就不必在这方面太顾忌了，名正言顺地不刷牙不洗脸，心里也能坦荡荡。

从小屋西侧走出去，200米开外就是那个著名的观景石丘，站立其上，周围便是360度的群峰环绕，而大本营的小屋几乎已经被积雪活埋了，朝霞把鱼尾峰背后的天空映得火红。此时我才清晰地看到鱼尾峰的整个样子，其山体上布满悬冰斗和岩石剥落后形成的峭壁，就此地的气候条件而言，就算是可以攀登，也是一座高难度的技术性山峰，登顶之路绝不会太容易。

单从技术上讲，若攀登鱼尾峰是"不会太容易"的话，那么贸然去挑战安纳布尔纳一号峰基本上就是九死一生了。与巨大得要撑爆人的眼球的安纳布尔纳南峰和刀劈斧削一般尖耸的鱼尾峰相比，一号峰在外观上其貌不扬，非常低调，甚至于很难看出有一座山峰的形态，真可谓深藏功与名。

无论是从安纳布尔纳大本营还是布恩山看去，它都显得比周围的山峰要低矮得多。如果不加指点，一般人会把它当成一个普通的平缓山丘，绝对无法与在1990年之前攀登

峰 5695
arpu Chuli

Machhapuchhare

安纳布尔纳三峰 7555
Annapurna III

甘德哈瓦楚里 6248
Ghandharwa Chuli

安纳布尔纳大本营 4130
Annapurna B.C

在安纳布尔纳大本营可以看到群峰中8座有名的山峰

死亡率高达66%、总体攀登死亡率高达32%、上去的人就算能活着回来也得脱层皮的"杀手之王"联系在一起。

　　站在冰碛观景台的顶端，我凝望着一号峰很长时间。在所有14座8000米级高峰里，要来到安纳布尔纳一号峰面前并不算是很难的事，远比去到K2（乔戈里峰）、干城章嘉峰、南迦帕尔巴特峰这些要容易，大本营的自然环境、所能提供的后勤保障条件也算不上非常艰苦，但是它何以成为14座8000米级高峰中登山死亡率最高的纪录保持者？

　　安纳布尔纳一号峰如此难登，最主要的因素是该地区极其复杂的自然环境。我们之前介绍过，位于尼泊尔西部喜马拉雅山脉的道拉吉里峰群、安纳布尔纳峰群、马纳斯鲁峰群这三个区域几乎是挤在一起的，组成了阻隔在北部西藏仲巴盆地和南部博卡拉谷地之间的一堵高墙。

　　在雨季，从孟加拉湾北上的西南季风在此会发生"撞墙"；而在旱季，其周围大量与这些山峰相对落差极大的河谷、谷地又会与这些雪峰形成叠加效应，产生局部气候环流（例如前述的"七日轮回"），各种因素的累积便造就了安纳布尔纳神鬼难测的气候特性。

　　当我回来之后用谷歌地球查看时，才明白了这座山峰在造型上的奥妙之处。严格来说，安纳布尔纳一号峰并不像一座山峰。其以海拔8091米的山顶为中心，尖锐的刃脊向两侧延伸，在5公里的范围内刃脊的平均海拔超过7500米，10公里的范围内超过7000米，而无论是南坡还是北坡，在直线5公里的范围内垂直落差都达到了3000米以上，这分明是一堵世所罕见的超级大墙壁啊！

　　无疑，除了极端多变的气候，安纳布尔纳一号峰本身所具有的怪异地形是这座山峰攀登难度极高的重要原因之一。通常来说，我们印象中的高山总是呈金字塔形的角峰状，然而安纳布尔纳一号峰并非如此，确切地说，它是一堵由岩石和冰雪混合而成的墙壁，称之为"安纳布尔纳雪墙"也丝毫不为过。攀登山峰，可以沿着山坡缓行而上，但如果是面对一堵平均海拔在7500米以上的墙壁，又该如何是好呢？

　　在国际登山界，评判一位登山家属于顶尖人物，标准不仅仅是有过登上这些8000米级高峰的经历，更为重要的认定标准一般有两个：第一是无氧登山，就是在登顶过程中不使用氧气瓶；第二就是不能在常规季节走常规线路。以安纳布尔纳一号峰为例，如果从常规的北壁、西北山脊登顶成功，尽管过程也会极为困难，但依然达不到这个标准，只有从最困难的南壁登上顶峰，才能确立顶尖高手的地位。

　　南壁是什么情况？之前说了，一号峰的形态是一面宽达5公里的巨大雪墙，而南壁是坡度最陡峭的一侧，从海拔5500米左右的冰川上部，墙面会在3.5公里的距离内直接攀升2500多米至8091米的峰顶，坡度接近43度。要想在攀爬或下撤这个绝壁的过程中保证不出任何意外事故，还要大气持续晴好，完全的天时地利人和，几乎是不可能的事情。

　　攀登安纳布尔纳一号峰的南壁，似乎已经脱离了登山的范畴，有点类似于古代战争中的攻城墙了，而且由于海拔太高、降雪频繁，加之极陡的坡度，在攀爬的过程中随时可能遭到雪崩和落石的攻击（其实攀登南壁失败而阵亡的登山者大都是终结于这两大因素），从这个意义上来说，一号峰真可算得上是一堵"叹息之墙"了。

冬季的安纳
布尔纳圣地，是
一片银装素裹的
冰雪世界

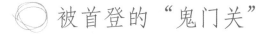

被首登的"鬼门关"

海拔8091米的安纳布尔纳一号峰是世界上最难以攀登的山峰之一，地形极为险恶。从带等高线的保护区地图来看，其南壁是一个落差达到3000米、堪与洛子峰南壁比肩的超级绝壁，几乎呈一种无路可走的态势。

因此，传统的登山线路分别是北壁和迂回取道帐篷峰、坳峰之后的东山脊。

北壁尽管落差也相当之大，但可能因为不是迎风坡，气候变化没有南坡那么捉摸不定，难度会稍低一点。东山脊是沿着安纳布尔纳峰群的主脊线走的，相对稳妥，但由于是绕行，在耗时较长的情况下非常容易产生变数，毕竟安纳布尔纳圣地区域很少有连续数日的好天气。据资料显示，近年来采用Solo（单人攀登）方式登山的寥寥数人大多都选择了东山脊线路。

我们可以看到山脚下有三个悬冰斗，那个位置是南安纳布尔纳冰川（South Annapurna Glacier）的上部，海拔大约5100米，由这个位置再往上直到峰顶，海拔会在不到5公里的距离内剧烈攀升至8000米以上，这种世所罕见的峭壁在大本营远眺时却很难感觉得到那种冷峻。

要找到确切的登山统计数字是一件极其困难的事，就连权威网站www.8000ers.com上的统计表格都做得很粗糙，提供的名单也含糊不清，我只能大致寻找到2007~2009年左右的准确数据：攀登成功人数157人，死亡（或失踪）人数60（其中女性3人），综合死亡率38%，远高于K2的23.24%和干城章嘉峰的19.14%。

然而这些统计数字也是值得推敲的，在登顶成功的157人中，有32名尼泊尔人，死亡（或失踪）的60人中，尼泊尔人也占了将近27%，且基本都是夏尔巴（Sherpas）高山向导或协作，这些人可以说是真正的幕后英雄。

颇令人意外的是，就是这样一个出了名的有去无回的鬼门关，反倒是14座8000米级高峰中第一个被攀登成功的。1950年6月3日，法国登山队的毛里斯·赫尔佐格（Maurice Herzog）和路易斯·拉切纳尔（Louis Lachenal）成为最先站上8000米高度的人类，并将这个纪录保持了3年之久，直至希拉里爵士登顶珠峰。但是为此他们也付出了高昂的代价，两人合计损失了30根手指和脚趾。

这次颇具运气成分的成功攀登不仅宣告了喜马拉雅黄金时代的开始，也开了登山

冬季的第一缕阳光洒在南峰与巴哈楚里峰之上

史上的几大先河：其一就是化纤制品的大量使用，主要是运用在登山绳索等装备上；其二是他们在攀登8000米级的高峰时，仍然采用风险较大的阿尔卑斯登山法（轻装速攻法）；其三是无氧登顶。事实上，大多数针对安纳布尔纳一号峰的攀登都集中在1990年之前的黄金时代。

20世纪90年代之后，随着冷战的终结，始于铁幕之下的喜马拉雅登山热潮也趋于平淡，转而向商业登山发展。受此大环境变化的影响，近20年内挑战安纳布尔纳一号峰的人数大幅下降，更是鲜见大规模集体登山。尤其在近10年，挑战者大都是以Solo方式攀登的人。除了尼泊尔国内10年战争的影响之外，挑战人数的急剧减少也是1990年之后安纳布尔纳一号峰登山死亡率由66%降到19.7%的重要原因。

即便如此，安纳布尔纳一号峰仍旧保持着14座8000米级高峰中综合死亡率最高（32%）、登顶人数最少（截至2012年3月，成功登顶安纳布尔纳一号峰的人数是191人，为14座8000米级高峰中最少，倒数第二的干城章嘉峰是283人，数据来源于NASA地球天文台）的两项纪录，而且，在可以预见的未来是很难被打破的。对于长眠于此的众多登山遇难者而言，或许这两个纪录的保持是对他们在天之灵最大的宽慰，因为他们是倒在了向世界上最凶险的地方冲锋的路上。

14座8000米级高峰登顶成功及失败人数列表（截至2012年3月）

危险程度排名	山峰名称	登顶人数	失败人数	综合登山死亡率
1	安纳布尔纳一号峰（Annapurna I）	191人	无确切数据 61~63人	32%
2	乔戈里峰（K2）	306人	81人	26.47%
3	南迦帕尔巴特峰（Nanga Parbat）	335人	68人	20.3%
4	道拉吉里一号峰（Dhaulagiri I）	448人	69人	15.4%
5	干城章嘉峰（Kangchenjunga）	283人	40人	14.13%
6	马纳斯鲁峰（Manaslu）	661人	65人	9.83%
7	加舒尔布鲁木一号峰（Gasherbrum I）	334人	29人	8.68%
8	马卡鲁峰（Makalu）	361人	31人	8.59%
9	希夏邦马峰（Shishapangma）	302人	25人	8.28%
10	布洛阿特峰（Broad Peak）	404人	21人	5.2%
11	珠穆朗玛峰（Mount Everest）	5656人	223人	3.94%
12	洛子峰（Lhotse）	461人	13人	2.82%
13	加舒尔布鲁木二号峰（Gasherbrum II）	930人	21人	2.26%
14	卓奥友峰（Cho Oyu）	3138人	无确切数据 30~35人	1%

在这些遇难者当中不乏好手，我在营地里看到一块不太起眼的纪念碑，悼念的是一位在此遇难的韩国登山人士，他是世界登山史上的神级人物。韩国仅有5000万人口，却经常号称有1000万的登山家，而此人更是个中翘楚——朴英硕（Park Young-Seok，一译作朴永锡），世界上首位完成探险超级大满贯（Grand Slam）的人物。

所谓超级大满贯，就是完成14座8000米级高峰的攀登，完成七大洲最高峰的攀登，分别到达南北极——寻常人就算不登山，仅仅到山脚下看一眼，恐怕终其一生都难以完成这三件事，而这位登山家仅仅用了13年就完成。

然而，就是这样一位技术和运气都已然登峰造极的高手，最终依然永远留守在了安纳布尔纳一号峰的南壁之下。2011年10月的登山季，朴英硕率领一支3人小队在安纳布尔纳一号峰著名的鬼门关——南壁试图开辟新的登山线路时，于海拔6400米处遭遇落石

人死有轻于鸿毛，有重于泰山，对朴英硕而言，失踪于安纳布尔纳一号峰的南壁，可能是最完美的一种终结人生的方式了

与雪崩的连续攻击，两位队友遇难，而朴英硕则下落不明，在多次营救无果之下，10天后被韩国登协（Korean Alpine Federation）宣布失踪。

这看似一件普通的山难事故，但若仔细推敲细节，却会让人感到冥冥中主宰这个结果的是另一些东西。

波兰传奇登山家捷西·库库切卡和朴英硕是完成攀登14座8000米级高峰速度最快的两个人，在这些一等一高手的眼里，登山如同探囊取物。然而，他们两人的结局却又是惊人地相似——朴英硕失踪于安纳布尔纳一号峰的南壁，而库库切卡则失踪于洛子峰的南壁。

这两个南壁同样是惊人地相似，我之前给大家介绍了，它们都是垂直落差达到3000米以上的死亡绝壁，可谓是这个星球上对了人类而言的禁地。两位已经站在登山界金字塔顶端的绝世高手，不约而同地选择了这两处对于业内人士来说难度最高、危险性最大的地方，又几乎以雷同的方式来结束了自己充满传奇色彩的攀登生涯，隐约让人感到一种冥冥之中的殉道情结。

"Never stop exploring to the last 1% possibility."（从未停止探索到最后1%的可能性。）

正如朴英硕简短的墓志铭上所说的那样，或许对于一个真正的登山者、真正的探险家而言，在病床上寿终正寝，永远不会在他们的考虑范围之内——写到这里的时候，正值珠峰首登60周年纪念日（2013年），或许，这也是一种冥冥中上天的安排吧。

高原和雪山是人类的生命之源，尽管对这些勇敢的登山家心怀敬意，但就我个人而言，对征服这些山峰已无执念。你永远不可能征服一座高山，充其量只是路过，因为你无法一直待在山顶，哪怕是待在那里超过半小时。

相比于征服，我更倾向于相信万物有灵，愿意去学习如何与它们相处，人与动物、自然和睦并存，这才是我在心底里认可的旅途中最美丽的风景。

我并没有征服安纳布尔纳大本营，只是路过而已。

我挥一挥手，不带走一片云彩

如此嗜血的安纳布尔纳一号峰，其宗教原型所昭示的形象既鲜为人知，又不像实际情况所发生的那样惨烈。"安纳布尔纳"这个名字来自梵文，本意是"食物充足（Full of Food）"，并且被描绘成一位带有强烈母性色彩的女神，因此，一般也被称为"丰收女神（Goddess of Harvest）"。

在安纳布尔纳保护区，由于鱼尾峰的宗教色彩太过强烈，加之8000米级高峰的光环太过耀眼，安纳布尔纳所具备的神性往往被掩盖和忽视。从现实意义上说，称之为丰收女神并不为过，发源于安纳布尔纳冰川的几条主要河流马斯扬迪河（Marshyangdi Khola）、卡利甘达基河（Kali Gandaki Khola）、莫迪河（Modi Khola）、马迪河（Mardi Khola）即使在隆冬季节依然水量丰沛，哺育着下游不计其数的人口。

此时我不曾想到，今天是安纳布尔纳圣地近期内最后一个风和日丽的日子

五彩祥云

因此在印度教中，安纳布尔纳是一位泛宇宙的、超越时空的、掌管世间一切烹饪活动的女神（the Universal and Timeless Kitchen Goddess）。可能你会觉得形容得十分夸张，不过只要你听说过"人类已经无法阻止印度电影"这句话，个中缘由自然会懂得。

而且，更夸张的还在后面，当这位烹饪女神为世间提供的食物和财富积累到一定程度，她就会转世成为财富女神拉克什米（Lakshmi, the Goddess of Wealth）。可能很多人都不知道财富女神，其实财富女神就是大吉祥天女。在印度教的传说中，自"乳海搅拌"就出现的大吉祥天女，正是三主神之一毗湿奴（God Vishnu）的原配夫人。

印度人民天马行空般的想象力，真是令人不得不佩服啊！

漫无边际地遐想之间，指针已经指向8点，良辰美景虽好，天下却无不散的宴席。在冬季，随着早晨阳光照进山谷，积雪表层会迅速融化，一脚踩下去立马变成湿滑的薄冰，会给行走带来一定的不便甚至危险。故而积雪期从大本营下撤的时候不能犹豫不决，趁太阳还没升到山谷顶上，积雪还比较坚硬，路还没被踩烂的时候，果断收拾行李走人。

鱼尾峰掀起一朵五彩祥云，或许是湿婆神和吉祥天女临别的祝福。上次看到五彩祥云还是2008年前在飞来寺的事情。我并不相信这些通过光和水汽的折射产生的物理现象真的能为自己带来什么好运，之后的际遇也确实印证了这件事。我只想把它看成自己与神山心灵相通、惺惺相惜的佐证，而没有想过真的去祈求些什么实惠。

天气好得不像话，那我自然也不能免俗，在看板之前留影以示到此一游。我除了一根在多万砍的竹子之外，并无任何特别的装备。下山的时候，我还给阿明演示了一套"打狗棒法"——其实哪是什么棍法，只是胡乱摆弄一番而已。阿明却惊为天人，还忙不迭地问我，是不是中国人都会功夫？

我呵呵一笑，说，会啊，当然会，尤其是嘴皮子功夫，那可是天下无敌。

相比于昨日的漫天雪花，今天银装素裹的安纳布尔纳圣地核心区可谓能见度满点，圣洁而无瑕，确实要比其他没有积雪的季节妖娆得多了。若是还有多余的时间，我一定不会选择急着下山，而是会在大本营附近探索，或者走到离南峰更近的地方，或者看看有没有路下到冰川上（登顶的东山脊线路，正是需要先穿过冰川，因此在装备齐全的前

（上图）如果是秋季的10月、11月前往，那么直至安纳布尔纳大本营都不会有这么厚重的积雪，景观当然会大打折扣

（下图）再次显灵的鱼尾峰佛光闪耀

提下，下降到冰川上是没有问题的），或者等待一号峰顶的云雾散去，能够做的事情一定不会少。

向导桑托斯曾对我说，曾经接待过一西方女游客，她走到甘杜克附近的一个小山坡，便惊呼那里是Paradise（天堂），然后一住就是3天。可是对于总是嫌在路上的时间不够长的我来说，这种惬意的旅行方式向来与自己无缘，每次出行最头疼的事莫过于如何去拼凑那有限的假期。但是无论怎么拼凑，结局总是只有一个——在刚觉得渐入佳境的时候，就不得不踏上归途。

抱着这样已然常态化的遗憾心情，阿明和我只耗费了差不多前一天一半的时间就下撤到了鱼尾峰大本营。在此我又遇到了曾经的队友小K一行，重逢的热烈气氛让我感到自己像个凯旋的英雄。不出所料，他们前日也在莫迪河上游的雪地跋涉中备受折磨，到达鱼尾峰大本营时已经是下午4点，当时就再难以挪动半步了。

我径直走向向导桑托斯并与他握手致意，对他在旅途中给予的帮助表示感谢。不过这位寡言少语的中年大叔还是维持着一贯的冷淡，勉强挤出一丝笑容点了点头，或许他对这种场面已经见怪不怪了。

们两位背夫显得十分激动，忙不迭地跑过来向我问候，我想可能是在密林休息的时候我曾分发给他们食物的原因。无论是在游客心目中，还是在尼泊尔的世俗眼光里，背夫都是社会地位最低的工种，通常只会被粗暴地呼来唤去，更遑论与他们分享自己的补给。

可我从来没有把他们看成只能供人使唤的下人，虽然我们语言不通，仅从他们用被风沙磨砺出的满脸皱纹堆积而成的笑容和粗糙如砂皮一般的大手，我已能感到那种发自内心的情谊，这是一种无须太多语言，超越国界、种族和社会地位的相互理解。

人生就是如此，有人会嘲笑你、蔑视你，也会有人理解你，虽然大多数时候这种理解会显得似是而非。在类似这种场合，我就会把他们看作是神佛的化身，如澜沧江畔的扎史农布、大佛塔下的皮夹克小哥和这两位只会朝着我憨笑的背夫。佛曰，不可说，不可说，你得自己去体会，去领悟。

为背夫们点燃离别前最后一支烟，我知道自己没有能力去改变他们的生活，他们那略显清苦的人生仍会继续下去，但是至少我希望能在他们心底撒下一些善意的种子。挥别朋友们我准备继续出发，仰望之处的鱼尾峰佛光闪耀，一时间我忽然想起爱因斯坦曾说过的一句名言：

Peace can't be kept by force, it only can achieved by understanding.

（暴力难止干戈，唯有相互理解才是和平之道。）

Chapter 8

走出喜马拉雅

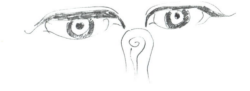

◎ 别了，安纳布尔纳大本营

我准备了三天时间以供自己撤回博卡拉。按照预定计划，下撤的第一天，也就是今天撤到竹林（Bamboo），第二天撤到温泉村（Jhinu Danda）泡个温泉，第三天走回起点纳亚普尔并坐车返回博卡拉。

然而人算不如天算，最终结果证明这个计划做得太过保守，我今天完全可以在安纳布尔纳大本营逗留。以阿明和我的速度，两天时间足够走出去了。更令人遗憾的是，当时我无法预料到，今天是近几天来安纳布尔纳保护区最后一个风和日丽的日子。

都说上山容易下山难，但并不是对每个人来说都是这样，有些人擅长攀登，有些人对于下山则颇有心得，这些因素都会极大地影响到行进的速度。以我自身的情况来说，攀登速度属于中等水平，但下山速度可以说是极快。在这样的条件下，下山的耗时仅是上山时的一半，以下数据可供大家参考。

徒步安纳布尔纳圣地行程耗时		
行程日期	行程内容	实际耗时
第一天	基姆切（Kimche）—上甘杜克（Up Ghandruk）	2小时
第二天	上甘杜克（Up Ghandruk）—乔姆隆（Chhomrong）	7小时
第三天	乔姆隆（Chhomrong）—多万（Dobhan）	6小时
第四天	多万（Dobhan）—安纳布尔纳大本营（ABC）	7小时
	上行合计	22小时
第五天	安纳布尔纳大本营（ABC）—竹林（Bamboo）	6小时
第六天	竹林（Bamboo）—温泉村（Jhinu Danda）	5小时
第七天	温泉村（Jhinu Danda）—纳亚普尔（Nayapul）	4小时
	下行合计	15小时

安纳布尔纳保护区各休息站点到点之间徒步耗时参考时间表

地点		徒步参考时间		备注
起点	终点	上行（小时）	下行（小时）	
纳亚普尔（Nayapul）	比雷赞提（Birethanti）	0.5	0.5	
比雷赞提（Birethanti）	基姆切（Kimche）	4	3	可乘车
基姆切（Kimche）	甘杜克（Ghandruk）	2.5	1.5	
甘杜克（Ghandruk）	科姆隆（Komrong Danda）	1.5	1.5	
科姆隆（Komrong Danda）	基姆隆河沿村（Kimrong Khola）	1	1.5	
基姆隆河沿村（Kimrong Khola）	乔姆隆（Chhomrong）	3	2.5	
乔姆隆（Chhomrong）	希努瓦（Sinuwa）	2	2	
希努瓦（Sinuwa）	竹林村（Bamboo）	2	2	
竹林村（Bamboo）	多万（Dobhan）	2.5	2.5	
多万（Dobhan）	喜马拉雅（Himalaya Hotel）	1.5	1.5	
喜马拉雅（Himalaya Hotel）	脊顶村（Deurali）	1.5	1.5	
脊顶村（Deurali）	鱼尾峰大本营（MBC）	3	2	积雪期各加1.5小时
鱼尾峰大本营（MBC）	安纳布尔纳大本营（ABC）	1.5	1	积雪期各加0.5小时
乔姆隆（Chhomrong）	温泉村（Jhinu Dand）	1	2	
温泉村（Jhinu Danda）	新桥（New Bridge）	1	1.5	
新桥（New Bridge）	萨乌里市场（Syauli Bazar）	3	3	
萨乌里市场（Syauli Bazar）	纳亚普尔（Nayapul）	2	2	
乔姆隆（Chhomrong）	塔达帕尼（Tadapani）	5	4	
乔姆隆（Chhomrong）	蓝杜荣（Landruk）	4	4	
塔达帕尼（Tadapani）	戈雷帕尼（Ghorepani）	5	4	

（注：本时间仅为参考时间，实际情况会根据各人行进速度、休息时间等因素而变化。）

　　诚然，这仅是从纯技术角度讨论，然而我在徒步的开篇就已经阐明，安纳布尔纳保护区，包括尼泊尔几乎所有的自然保护区，它们之所以被称为世界顶级的徒步旅行区域，意义并非是希望你来刷新什么完成速度上的纪录（当然，你也可以选择这种方式），而是鼓励人们借助这个世界范围内屈指可数的特殊平台，在徒步旅行的过程中充分享受人与自然、人与人之间交流互动所带来的乐趣。

　　在完成安纳布尔纳圣地的徒步之后，我的这种感觉越发强烈。在整个徒步过程中，喜马拉雅南坡以其所特有的高落差带来的跨越四季的气候、动植物分布的多样性，以及从河谷到山巅的震撼风景固然给我带来不少视觉上的冲击，但印象更深刻的，更能引发更深层次思考的则是在路上遇见的那些人。

　　对于自然界而言，人的意义在于什么？我觉得，人是一种衡量标准——风景的好或不好、气候的冷热宜宜、跋涉的轻松与疲惫、生态环境的适宜与否，一切的一切，都是基于人的感受而定。

　　对于人类而言，他人的意义又是什么？我觉得是一面镜子，是一种认识自己的最好途径。如果把两面镜子对照会是什么结果？是否意味着一种无限的可能性呢？

在漫长的旅途中

竹林村（Bamboo，海拔2360米）

2013年2月14日，西方传统的情人节，陪伴我的"情人"是喜马拉雅山脉的崇山峻岭。

如果说昨天从多万出发徒步到安纳布尔纳大本营是我自打旅行以来最艰难的一次冲锋，那么今天从安纳布尔纳大本营出发下降至竹林则是我旅行经历中绝无仅有的一次酣畅淋漓的撤退了。

阿明的实力自不必多言，他一路上几乎就是在飞檐走壁，而我对自己的下山能力也有着充分的自信，经过向上攀登过程中的锤炼，身体状态此时也到达了顶峰，更是暗地里与阿明较上了劲，心想着一定不能被他拉开距离。于是，阿明与我的组合便成了当天安纳布尔纳保护区内实力最强的队伍之一，所有同时出发的队伍都被我们远远地甩在了身后，直至前方空无一人。

在6小时后，我们用山地酷跑式的速度，从海拔4130米的安纳布尔纳大本营极速下撤到了海拔2360米的竹林村，此时时间不过是下午3点。而在向上行走的时候，同样的这段路我们用了将近9个小时。

尽管就徒步而言，我与阿明的配合天衣无缝，然而，在享受酣畅淋漓的徒步过程中，我丝毫没有注意到阿明那微妙的心理变化，对待他的态度也只是延续着我对旅途中所遇到的人们一贯的宽容。或许正是因为这种毫无底线的客气，为之后的悲剧埋下了伏笔。

不过此时，在享受着竹林村那简陋却如天堂般的热水澡之间，我对于这些不好的苗头依旧是一种浑然不觉的懵懂状态。

在前往安纳布尔纳大本营的路上，竹林村并不像乔姆隆那样是个大家都会选择停留的休息站。它处在莫迪河谷中海拔较低的位置，东西两侧是拔地而起的山壁，只有中午前后太阳上升到头顶的时候才会感觉到些许暖意。在这个隆冬季节，尤其是入夜之后会显得阴冷入骨。

这里没有什么值得称道的风景可看，除了远处从山顶棱线上探头张望、造型也谈不上有多靓丽的鱼尾峰峰尖。或许只有在徒步旺季时分，附近如希努瓦、多万这样的休息站人满为患的情况下，旅行者们才会被逼到此地过夜。眼下的2月是传统淡季，意味着你就算想找个人聊天也不是件轻而易举的事。

今天这家山间小屋连我在内总共只有5名住客，可据我观察，它的接待能力少说也在30人以上。两位来自奥地利的女大学生可能是有点高原反应了，跟我简单聊了一会儿后就早早地回屋熄灯睡觉，连晚饭都没有吃，直到第二天早上我出发的时候都没见她们起床，这令本来觉得又有机会锻炼一下英语口语的我颇感失望。

另外一对德国中年夫妇一直在饭堂跟背夫讨论着行程上的某些细节，我实在不明白都走到这份上了还有啥可纠结的。我有点无聊地在昏暗灯光映照下的院子里徘徊了半天，烟头在峡谷的穿堂风下烧得极快，烟雾和呼吸出的水汽混在一起四散弥物。相比于昨天夜晚的安纳布尔纳大本营，这里的海拔低了差不多1800米，然而挡不住的逼人寒气仍时刻在提醒我，大自然才是这里的主宰。

我隐隐感到有些失落。尽管过程谈不上惊心动魄，却也不乏艰难险阻，结局是我已经完成了此行的目的，顺利到达了一直在冥冥中召唤自己的安纳布尔纳大本营。这时我想起了一位中学同学在当年毕业考试后反复叨念的一句话：人生能有几回搏，搏击之后空闲多。如今想来，实在是如预言一般太有见地。

我觉得自己好像有点能理解，为什么那些登山家会抛家舍业，不断去挑战更高难度的山峰，而置生死于度外。因为他们无法忍受完成既定目标后那种彻骨的空虚感。而我非登山家，自然不可能采取那种极端的方式。此时此刻，让自己继续前行的方法唯有一个，那就是让感性回归理性。

要回归理性，阅读或许是一个好办法。回到房间，我打开背包翻出了一本压箱底的书。书名颇为应景，叫作《在漫长的旅途中》，写自日本已故摄影家星野道夫。这位被称为日本国宝级摄影师的大叔曾旅居阿拉斯加20年，致力于生态摄影，而这本书中的内容就是归集了一些他旅居阿拉斯加期间所写的小品，实际是一部散文集。

我们都知道，日本人喜欢作诗，称为和歌，例如俳句、短歌、现代诗甚至是辞世句等不一而足，而星野先生似也颇受和歌文化的影响，他的散文很少有长句，行文简洁明快，用词朴实无华，可在看似轻描淡写的字里行间，你都能感受到他对阿拉斯加每一寸土地的了如指掌和对这片极北苦寒之地发自内心的热爱。

星野先生的执著固然是令人钦佩的，他的旅居和所做的工作自始至终贯彻着文化交流这个对于旅行而言最重要的意义。然而，对于普通人来说，除了略作感慨地唏嘘一番之外，终究缺乏一些现实上的借鉴作用。他可以为了等待拍摄驯鹿的迁徙而守株待兔一个月，而我甚至无法在安纳布尔纳大本营多逗留一天。

通常来说，文化交流是需要时间去融入生活的，有时我确实会去做一些假设，例如给我哪怕只是一个月的时间，留在安纳布尔纳大本营或者珠峰大本营就地取材，或许我会比现在更有信心、更有底气去写一部可能更为言之有物的纪实书——可实际上这是不可能的，我和大部分普通旅行者一样，需要每天挤地铁去上班以维持生计，而所拥有的全部连续带薪休假，1年也仅有10天而已。

长久以来，我深深被这个问题困扰。在涉足自由旅行后，我曾无数次面临方向上的抉择。去进行人文交流，还是风光摄影？去登山历练，还是休闲度假？是写冷酷无情的行程攻略，还是散发着小资情调的散文随记？还是在一次旅行中囊括所有的东西，但每个方面都是泛泛而谈？

或许，我无法像星野先生那样旅居异国他乡20年，不会有足够的时间去等待和体验，也无法像写下*Into Thin Air*的乔恩·克拉考尔先生那般亲自去攀登世界最高峰，亲历一段无法复制的惊悚旅程并用专业的视角予以复述。我没有条件果断辞职去玩一个间隔年，或者一次性行走多少多少国家，那对你对我对很多普通旅行者而言都是遥不可及的事。

可世上的路有千万条，旅行当然远不止高不可攀或随波逐流这两种选择。人间没有天堂，只有是非，没有人能彻底回避、战胜或者征服生命中一切消极、负面的东西，无论是否承认，它们始终存在，就像美好的事物同样永不逝去。

正如我总是努力尝试在没有光影的天气里也能拍出有意义的照片，那么在旅行中，乃至在人生这个更漫长的旅途中，是否可以另辟蹊径，去为这些矛盾着的理想和现实寻找一条共存之道？

也许终其一生，我也未必能找到；又或许，我正走在这条路上。谁知道呢？

只要心中有爱，美好的事物就永不会消逝

淡淡的晨曦中的上希努瓦村，这种状况预示着今天并不会是个好天气

◎ 阿明的烦恼

竹林（Bamboo）—上希努瓦（Up Sinuwa）—乔姆隆河谷
（Chhomrong Khola）—乔姆隆（Chhomrong）—温泉村（Jhinu
Danda），2310米 ↗ 2360米 ↘ 1900米 ↗ 2170米 ↘ 1780米

如果不考虑冬季莫迪河上游的积雪，那么跨越乔姆隆河谷的这段行程无疑是安纳布尔纳圣地徒步旅行中最为令人抓狂的阶段。

乔姆隆河源自安纳布尔纳一号峰的两大护法——海拔7219米的南峰、海拔6434米的"雪崩之王"希恩楚里峰冰川融水的双剑合璧，它以雷霆万钧之势劈开了这个高程差超过400米的V形窄谷，旅行者需要先下行一个400米的纵深到达谷底的河畔，再向上攀登到原先的海拔高度。

由于乔姆隆河谷是进入安纳布尔纳圣地核心区的必经之路，无论进入还是退出，走这段路都无法避免。尤其是在回撤之时，当体力所剩无几的旅行者们看到河谷段出现的似乎永无穷尽的青石板台阶，那种绝望之情通常都会溢于言表。

阿明似乎在之前的竞速中用力过猛，稍稍弄伤了膝盖，走路开始有点一瘸一拐。借此机会，我顺势第一次超过了他。在这一路上，膝伤可谓最常见的伤病，而更为残酷的事是经此一役，这些受伤的旅行者中的一部分可能从此再也无法参与类似强度的徒步活动了。

在乔姆隆吃午饭时，我再次遇见了久违的湖南小哥，随机应变能力极强的他又加入了另一支由中国人与韩国人混编的团队，他们准备今天就返回博卡拉。而我的燃眉之急是老王和Cindy兑换给我的卢比又告罄了，客栈老板借机狠狠地敲了急需卢比现金的我一笔，以12：1（卢比：美元）的超低汇率收了我的美元。我出发前给自己的预算是每天1000卢比，现在想来，对于山上的物价实在是有点估计不足。

好在，回到了乔姆隆，既意味着我们已经完全走出了圣地，也意味着之后下坡的路途再无难点。只需要下降一个400米左右的直线下坡，我们就能到达今天的目的地温泉村，而此时尚是中午。想到这里，阿明和我都心照不宣地同时感到一阵轻松。

时间充裕，心态放松，使阿明和我有更多的意愿去进行深入交流。在到达温泉村之前，我们在一个山头休息长谈了一两个小时之久。其实，虽然我的英语口语很糟糕，但阿明仍一直试图把我当成一个锻炼英语对话能力的对象。

在这个能够俯瞰莫迪河谷的山崖上，阿明把他的困扰向我和盘托出，看样子是憋到现在才有机会大倒苦水。他说自己在26岁的年纪，没有钱，没有女朋友，也没有房子，甚至问我是不是可以带他去中国工作，并表示只要能赚钱，再苦再累也没有问题。

相处几天以来，我第一次感受到了阿明对于财富的渴望是如此强烈。

听他倒了一通苦水，我并没有产生更多的同情。就算是在中国国内，乃至世界上大多数地方，这些问题也是很多青年男子所面临的实际情况，何况是在尼泊尔这样一个相对更贫穷的国家。比之虚无缥缈的梦想或者奇迹云云，巨大的贫富差距、高昂的生活成本和改善物质条件的欲望是更为实在的压力。

我试图就此作一些解释，乃至将中国的房价换算成卢比告诉他那一串天文数字有多么惊人，但我很快便发觉，任何理性的解释在一个已经穷疯了的人面前统统都是浮云。

阿明幽幽地说，他生活在一个庞大的家庭，有6个兄弟姐妹，与父母挤在同一屋檐下。这也是大多数笃信印度教的尼泊尔家庭的常态。至于为什么要生那么多孩子，我们在加德满都的帕斯帕提那神庙曾旁观过火葬仪式，在印度教教义中，父亲的火葬仪式必须由大儿子点火，母亲的火葬仪式则必须由小儿子点火，所以一家人至少要生两个儿子来给父母送终。

那么剩下的也就不用我多解释了，因为没有哪对夫妻敢保证能连续生两胎儿子。其结果就是，导致尼泊尔在进入现代社会，医疗水平得到改善，人均寿命得以大幅提高的情况下，人口数量呈爆发式的持续增长。

尼泊尔人口相关数据一览表

统计项目	1950年	1981年	2001年	2012年
人口数量	900万	1500万	2300万	2990万
人口增长率	–	–	–	1.77%
出生率	–	–	–	2.185%
死亡率	–	–	–	0.675%
预期寿命	–	–	–	66.51岁
年龄中位数	–	–	–	21.6岁
男女总比例	–	–	–	0.96：1
平均识字率	–	–	–	65.9%
15~59岁人口	–	–	–	约55%
14岁以下人口	–	–	–	约35%

与亚洲不少其他国家情况类似，无节制的人口迅猛增长造成的资源不足，无疑是当前摆在尼泊尔这个国家面前最大的问题。在一个地势狭小、位置闭塞，以农业为主要产业，物质基础又极为薄弱的山地国家，哪有这么多资源和工作机会来供养3000万的人口？

从上面图表中的年龄中位数及人口年龄分布情况就可知道，这个国家目前青壮年人口数量极多，这就意味着在可以预计的将来，会长期拥有所谓的人口红利。虽然对于尼泊尔的旅游业而言，能够由此而获得服务价格上的比较优势，但对于个人来说，人口红利在使他们面临基数巨大的同龄人竞争压力的同时，也会最大限度地压低他们的工资收入。

在这种一目了然且不可逆转的人口发展趋势面前，我们个体的力量是微不足道的。理智告诉我，自己根本帮不了阿明，我甚至很难用英语把上述这些事的来龙去脉讲清楚。

所以，面对阿明诚挚到几近哀求的眼神，我见解释无果，只能选择以沉默回应。

 柏林与纽卡斯尔

在一种无疾而终的谈话带来的尴尬中，我们继续向温泉村前进。当走进这个窗明几净的小村子，满心欢喜地准备去享受温泉时，阿明却告诉我温泉并不在村子里，而是在山谷底部海拔大约1500米的莫迪河边，那里与村子还有250米的海拔落差。

我当时就有一种受骗上当的感觉，这不等于让我再爬一遍乔姆隆河谷吗？但既来之，则安之，我最后还是决定下去一探究竟。走到温泉一看好不热闹，这哪里是什么温泉，分明就是个露天大浴场，很多古荣族村民在排队等着洗浴。我问阿明为什么会有这么多人，答曰今天是印度教中的某个节日，温泉免费开放，若平时来的话就要付50卢比的浴资。

说是温泉，实际上它所有的设备就是两个石砌的澡堂，供男女分别使用，另外还有3根深埋在山岩里的水管，形成3个冲淋位，安纳布尔纳的高山温泉水就从水管里源源不

温泉村坐落在乔姆隆山下的一个海拔
1780米的小型山头上，并没有特别突出的
风光，是个适合休养生息的地方

断地流淌而出，倒也算是原汁原味、纯净无添加。澡堂边是山崖下的河谷，在海拔3000米以上的雪崩区还是一条涓涓细流的莫迪河一路飞流直下，到此处已经变成一道汹涌的激流。

眼见澡堂子里人头攒动，我只得耐着性子在一旁等候。没过多久忽见两个老外的身影，定睛一看，不正是"高反王子"纽卡斯尔？饱受膝伤困扰的他此时已被克罗地亚摄影师马丁无情抛弃，如今与他一起行动的是也参与了大本营夜谈的德国人柏林。

与玩世不恭的马丁相比，这位身材瘦长、在慕尼黑工作生活的德国青年被称为当晚整个大本营最正经、最靠谱的人。柏林自然不是他的真名，因为我始终忘记问他叫什么名字，加之他出生在柏林，这么称呼也算比较直观。

柏林与我们印象中的德国人没什么两样，有一说一、老实厚道，尽管欠缺一点幽默感，但基本上每句话都能相信，与他交流比较轻松，不用动什么脑子。因为我俩英语水平差不多（的糟糕），柏林便成为这一路上与我交流最多的西方人，在大本营和温泉两次加起来有五六个小时之久。

印象最深的有两件事，其一就是我们在谈论到欧洲地理的时候，柏林不承认俄罗斯是欧洲国家的坚决态度，我觉得这代表了一部分德国人的心态。

顽皮的柏林不仅跳进了由冰川融化而成的莫迪河里，还对我做出了"LOVE YOU"的手势

其二，在冰碛观景台我们一起看日出的时候，旁边有一位游客拿着SONY NEX-5拍全景扫描，我俩听到那种拍摄声后不约而同地惊呼"Oh, just like machine gun（啊，就像机关枪）"，步调一致引得全场一阵爆笑。

严谨古板的柏林偶尔也会表现出疯狂的一面，在洗澡时他不仅跳进了女浴池，甚至还光着膀子一路跑到山崖下，跳进了冰凉刺骨的莫迪河里，以显示其超强的身体素质。柏林之前从印度一路行至尼泊尔，对于南亚各个城市那种难以忍受的吵闹大加"吐槽"，他告诉我，与那些让人忍无可忍、快把耳膜震破了的城市相比，尼泊尔的山区简直就是天堂。

在来到喜马拉雅山区之前，柏林只去过慕尼黑附近、地处德国南部的巴伐利亚阿尔卑斯山，那是广义的阿尔卑斯山系的一部分，最高峰楚格峰不足3000米，与这安纳布尔纳圣地完全不是一个等量级的。不少德国人有着深厚的山岳情结。

在之后的下山过程中，他一直与纽卡斯尔一起行动。柏林的下一个目的地是峡谷，而纽卡斯尔则准备带着我给他的情报去香港淘相机镜头。当他们问及我之后要去哪儿时，我只能欲哭无泪地表示马上就要回家上班去了。这两个小伙子还不明所以地问我为什么只旅行这么几天就急着回去了。

我只能笑而不语。

我最后一次看到他们俩，是徒步的最后一天在快撤到比雷赞提的时候，这两个懒虫附体的家伙租了一辆好像是从博物馆里拖出来一样的古董丰田轿车一路绝尘而去。

本来，柏林邀请我当晚去博卡拉的某个酒吧，参加一个庆祝徒步安纳布尔纳大本营成功的活动，然而在博卡拉的夜雨中徘徊许久，我还是没能找到那家酒吧，就此曲终人散、天各一方。

不过我相信，如果有缘，那么或许在未来的某一天，我们还会在这世界的某个角落偶然遇见。

整个萨乌里市场在冬季竟然只有我一个游客

◯ 安纳布尔纳的眼泪

温泉村（Jhinu Danda）—新桥（New Bridge）—萨乌里市场
（Syauli Bazar）—纳亚普尔（Nayapul），1780米↘1340米↘
1220米↘1070米

　　与柏林、纽卡斯尔的温泉笑谈嬉戏，让我暂时放下了那种悲天悯人的情怀。这两个小伙子来自发达国家，无忧无虑的生活环境使少年不识愁滋味的他们无法完全理解生

活在落后国家的人们的心情，可是，同样经历过童年时代物质极度匮乏的我能理
解，也无法对一些眼皮子底下的苦楚无动于衷。

　　在温泉洗澡的时候，我使用了一块从酒店里拿的一次性肥皂，这种肥皂比火
柴盒还小，一般用过以后就会直接丢弃。但是阿明却把撕破的包装纸找了回来，
小心翼翼地将用剩下的肥皂包了起来准备带回家。

　　这一幕着实令我震惊，我想象过阿明的家里有多穷，但没有想到竟然贫困到
如此连基本的生活物资都缺乏的程度。这件事使我内心的天平完全倾斜，我并不
是一个富有的人，但还是决定尽自己一切的能力去帮助他。

　　最后一天的徒步，是沿着莫迪河谷边的羊肠小道缓缓下行，不再需要花费太
多精力去思考如何应对地形的变化。于是，我一路上都在思索着，应该以什么样
的方式给阿明多少小费，才能在不伤及他的自尊心，又符合我的经济能力的前提
下，给予他和他庞大的家庭合适的帮助。

　　淡季中的萨乌里市场空无一人，天色阴沉，我坐在门口旁在的售门外一堵矮
墙上，把阿明叫到眼前，告诉他领取工资的时候到了。这些话一路上我已经在心
里演练过无数遍，已经能倒背如流。

Mr Min, here is sixty-five dollars, it's another half of the expense of
this trek.

　　（阿明先生，这是65美元，是另一半徒步费用。）

And these 300 RMB as the tip for you, you can change them into rupees
at Pokhara or any other place.

　　（然后，这是给你的300元人民币小费，你可以在博卡拉或别的地方换成卢
比。）

You know that I'm not a rich man, but I still hope these money could
make some support to you and your family.

　　（你知道我不是个富人，但我还是希望这些钱能给你和你的家人带来一些帮
助。）

　　支付给背夫的小费自有其行规，一般是多给1天的工资，即15美元或者100元

无论出于什么理由，
我都不认为自己应该去轻
易影响他人，即使是一只
动物的命运

人民币，而我则足足给了3倍。除此之外，我还把剩余的所有物资，主要是
食物补给都送给了阿明，还附赠了一个我觉得会对他非常有用的头灯。

　　或许有人会觉得，300元实在是个不值一提的数字。确实，这只是我
差不多一天的工资，对许多更优秀的人而言可能是以小时或者分钟计的收
入。可是，你知道尼泊尔人的人均收入是多少吗？

　　人均年收入240美元，不到1500元人民币，即大概23000卢比，远低于
大部分国家发布的贫困线标准，甚至比上海的月均最低工资标准还低。

　　当我把这笔钱交到阿明手里的时候，其实对这些数字还一无所知。当
阿明指着一位驾驶着政府公车的司机，告诉我这个人的月工资是2000卢比
的时候，我甚至对此嗤之以鼻，以为他在跟我开玩笑，然而事实是我在拿
无知跟自己开玩笑。

　　我的无知让我把一笔相当于普通尼泊尔人半年收入的"巨款"给了阿
明，还自作聪明地认为把一切都处理得恰如其分。我有些得意地想，阿明
由此得到了一笔可观的收入，应该可以稍稍改善一下家人的生活条件，而
自己则能因为这种乐善好施的举动满足了怜悯心和同情心，这完全是个皆
大欢喜、互利双赢的结局。

　　但是那时我忘记了一句自己经常挂在嘴边的话，一厢情愿地"为你

好"，往往是悲剧的源泉。

安纳布尔纳众神似乎早就察觉到了这一点，并对此颇感不悦。神山表示愠怒的方式通常就是闭门不见，所以在我们离开萨乌里市场后，喜马拉雅山脉的雪峰再也没有在我眼前露过面，阴云密布中阵雨不时倾泻而下，一直持续到我得知自己的轻率举动引起了严重后果。

出租车载着我飞快地驶离纳亚普尔，年轻的司机是阿明的朋友。他们一个赚到了"巨款"，一个做到了生意，心情当然都很不错，一路欢声笑语，相谈甚欢。

我紧攥着盖了章、证明我完成徒步的进山证，还沉浸在一周的翻山越岭戛然而止的那种失魂落魄中，就觉得一切都由不得人茫然，自然得让人难以揣摩。

车窗外的安纳布尔纳众神被云雾笼罩，雨水止不住地打在挡风玻璃上，划出一道道如泪痕般的水迹。然而直到今天我才想明白，这淅淅沥沥的雨声并非安纳布尔纳众神对我离去的不舍，而是它们知道，又有一个年轻人的命运已经被永远地改变。

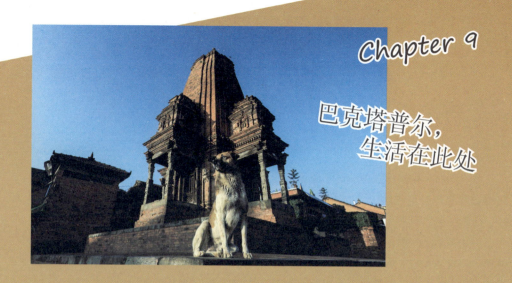

Chapter 9

巴克塔普尔，
生活在此处

◎ 伪善的代价

我在瓢泼大雨中狼狈地冲进了湿婆旅馆（Shiva Guest House）的大门，挂在门上的风铃被我弄得叮当作响。我心里多少有些郁闷，离开安纳布尔纳保护区超过24小时至今，雨神一直没有停止对我的纠缠。

受到恶劣天气影响，今天从博卡拉飞去加德满都的航班几乎全部停飞，我用香烟贿赂了一位雪人航空（Yeti Airline）的办票员，这才得以抢到一张宝贵的登机牌，登上了今天唯一一班敢于在雷雨天气中起飞的29座喷流式小型客机。

飞机起飞后拉升了不过数百米，就潇洒地向东拐了个90度的大弯，一头冲进了积雨云团之中，全然不顾闪电就在机身附近落下。在尼泊尔，由于喜马拉雅山区多变的气候、复杂的地形，加之技术力量的匮乏所导致的飞机维护、保养水平落后，空难事件可谓屡见便饭，也经常见诸国内媒体的报端。实际上，仅在不到半年前的2012年9月，加德满都附近的一起空难事件就夺取了4位华人旅行者的生命，他们本计划去攀登萨加玛塔国家公园中海拔6189米的岛峰（Island Peak）。

这几位旅行者似乎在圈内颇有些名气，事故发生后网络上一片惋惜之声。类似这些不愉快的意外，诚然经常会引起一些骚动，不过我相信只要是去过尼泊尔的朋友，就会对这种事深不以为然。尼泊尔是空中户外运动的圣地，不适合修建公路的地形又使得城际间支线航空是一大重要交通手段，根本无法计算每天有多少各类飞行器在天上飞行。

已经停产的喷流式客机是尼泊尔使用率最高，也是空难率最高的支线飞机

尽管飞机从来都是最安全的交通工具，可在喜马拉雅南麓多变的气候条件下，空难是始终存在的概率问题，区别仅在于不幸会降临到谁的头上。尼泊尔的机组人员想必对此早就习以为常，飞机在剧烈地颠簸之间，空姐居然还异常稳健地在为旅客发放咖啡，她手中的托盘上是倒满了开水的茶杯，自始至终没有打翻哪怕是洒出一滴。

看到此情此景，我稍稍放松了一下自登机后就抑制不住的紧张心情。对于我们旅行者而言，自走出家门的那一刻，就要开始面对不确定性、突发事件，甚至是生命危险，我们只能依靠知识和经验去降低风险，但它任何时候都不会是零。对此，如果没有清醒的认识，那么任何远行的举动都可以被视为不负责任和草率的。

不过，今天的这次飞行有惊无险。在惊魂未定之间，飞机带着我已经回到了阔别一周的特里布万国际机场。值得庆幸的是，此时我的目的地不再是有"噪音地狱"之称的加德满都泰米尔区，而是东边十几公里外被称为"巴德岗"的巴克塔普尔古城。

湿婆旅馆就在巴克塔普尔古城的杜巴广场旁边，优越的地理位置让其始终是宾客盈门的状态，底楼的餐厅座无虚席。当我冲进来时，本来都在窃窃私语的旅行者们的视线一时都聚焦到我这个浑身湿透、像逃难一样闯进来的中国游客身上。

旅馆的房间是我的朋友Rosa一行为我预订的，阅人无数的老板只瞄了我一眼，就如先知一般在我走到吧台之前把房间钥匙和写有WIFI账号密码的纸条早早地取出放在桌上。与老板微笑着寒暄之间，餐厅迅速恢复了我闯入之前的喧嚣。这个场面终于让我真切地感觉到，自己真的已经从杳无人烟的雪山天堂回到了熙熙攘攘的俗世人间。

我的住处是一间仅数平方米、由储藏室之类改造而来的客房，位置就在餐厅的正上方二楼，WIFI信号也是极好的。连上微信，忽见小K发来数条消息，我原本以为是通知我他们已经顺利下山，而实际情况却远没有那么简单。

原来，按照行业的规则，阿明应该把我给他的65美元带回旅游公司，由旅游公司扣除份子钱之后再支付他正常的工资。但是阿明并没有回去复命，而是带着所有钱一走了之。换句话说，就是他无视行规，把这笔钱给独吞了。这样一来，无论是旅游公司还是向导桑托斯，当然是都要去找他算账了。

这时我才意识到，自己把事情完全搞砸了，我的所谓同情和帮助把阿明心中那已然揭开了一条缝的潘多拉魔盒完全打开了。

从本质上说，阿明不是个坏人，他只是对于现代化的城市生活有着原始而强烈的憧憬而已，没有经过良好系统教育的他根本不懂得控制自己的欲望。为了眼前唾手可得的

（左上图）历史悠久的巴德岗古城有着极为先进的排水系统，即使在大雨中仍没有明显的积水现象

（左下图）塔莱珠大钟的钟声为谁而鸣

利益而义无反顾地抛弃自己所有的道德底线，并不是他个人的问题，这些举动在世界的各个角落几乎每时每刻都在上演。我的这种伪善，不仅无助于解决问题，反而使得情况向着最糟糕的方向发展。

窗外雨势渐起，滂沱之声震耳欲聋，我在恍惚之间想起临别时阿明曾留给我一张写有他姓名和地址的便签，便拍了一张照片发给了小K。我不知道这算不算是出卖了他。

我呆立在窗口半晌，直愣愣地盯着暴雨下空无一人的杜巴广场，任由飞溅的雨水拍打在脸上，我试图以这种方式让自己冷静下来，又想着陪伴了我一周的朋友阿明先生今后该何去何从。

可以想象的是，无论桑托斯先生最终能否找到他，能否从他那里要回份子钱，或许从今以后，在博卡拉的所有旅行社和向导的名册上，违反了行规的阿明都会被拉入黑名单，在这个行业再也难以立足。

如果事情最终真的演变成这样，我觉得自己难辞其咎，如同给予馋嘴且从不刷牙的小孩糖果只能毁掉他们的牙齿一样，直接把钱交到穷人手中除了激发他们更大的贪念、助长他们不劳而获的恶习之外别无他用。

他们真正需要的是能够带给他们长久幸福的医疗和教育，如果给不了他们这些，与其自以为是地滥用自己的同情心，还不如什么都不做，让他们把握自己的命运。

遗憾的是，一切都已经太迟了。从尼泊尔回来后的整个3月，我持续陷入了无端的疾病困扰之中，或许冥冥中这就是伪善的代价。

朝阳中的尼亚塔波拉神庙

昌古纳拉扬

　　我站在湿婆旅馆的屋顶，看着新一天的朝阳在加德满都谷地特有的晨雾中缓缓升起。尽管阿明携款潜逃的事情已经告一段落，我的旅途也已接近尾声，可我不知道我的磨难是否如同早就停歇的暴雨般，真的已经落下了帷幕。

　　不远处，在无数蜂巢似的低矮房屋之间鹤立鸡群的是陶马迪广场上的尼亚塔波拉神庙。这座高达30米的宏伟神庙是加德满都谷地中最高的建筑物之一。1934年8.3级大地震和2015年8.1级大地震曾使加德满都谷地内三分之一的建筑物毁于一旦，可这座神庙仅仅顶层受损，接近于毫发无伤，一如其所代表的传统与宗教在这片土地上的坚不可摧。

　　明天，我就将登上回国的航班结束这一趟旅行。在那之前，我获得了在巴克塔普尔古城停留一整天的宝贵休整机会，并将与新队友小米和老饭同行，也终结了数天来暂时的独行。我们在湿婆旅馆底楼那生意兴隆的餐厅碰巧坐在了同一张桌子上，当时的我已经超过

96个小时没有说中文，沉默着听他们聊了一个多小时后，我还是不知该如何开口。

同样将于近期结束旅行回国的小米和老饭，和我一样都把停留的最后一站选择在巴克塔普尔。我建议一起去附近的加德满都谷地七大世界遗产之一的昌古纳拉扬神庙看看，对行程并没有明确安排的两人欣然应允。

从我们游览过的这么多加德满都谷地的寺庙，不难总结出一些有趣的规律。例如，除了以火葬闻名、坐落在加德满都市区以东的帕斯帕提那神庙（Pashupatinath Temple）之外，在别的很多地方也可以看到被称为"帕斯帕提那"的寺庙，难免有时会令人摸不着头脑。

实际上，"帕斯帕提那"的确不是特指，而更接近于Deurali（脊线位）那样的泛用名。"Pashupatinath"由三个梵文单词组成，分别是意为生物的"Pashu"、意为保护者的"Pati"和意为王者的"Nath"。把它们组合一下，就会很容易地得出"所有生物的王者和守护神"这样的简单结论。

在实际运用中，我们又能听到很多尼泊尔人把这些寺庙称为"帕斯帕提（Pashupati）"，而把最后的"Nath"隐去不读，这又是一个令人费解的现象。其实，"帕斯帕提"并不是指寺庙本身，而是指这些寺庙里供奉着的动物之王，它是三主神湿婆的化身之一。

换言之，"帕斯帕提"是有具体形象的，"帕斯帕提那"则是这种形象所代表的抽象意义。

这听起来有点复杂，不过我写这些的用意并不是要让每个人都记住这些晦涩难懂的神灵名称，而是去理解尼泊尔人在为各种寺庙、山峰、地域等取名时常用的拼词法。

如果稍加留意，就会发现尼泊尔有很多类似巴克塔普尔（Bhaktapur）这样后缀为"Pur"的地名，只要稍加猜测，就可以知道"Pur"的意思是城镇，而"Pur"之前的字母可以视为另一个有具体指代性的名词或形容词。

比如Bhaktapur翻译过来就是"信徒的城市"，对于其他类似的地名，也可以用同样的方法去了解它所代表的意义。这些意义一般都与这些城镇的历史渊源有或多或少的关系，因此，名字拆分法无疑是快速理解尼泊尔历史的一个捷径。

在这座被视为尼泊尔历史最悠久的印度教寺庙昌古纳拉扬（Changu Narayan Temple）面前，拆分法依然完全适用。昌古（Changu）是个普通的地名，指的是这座寺庙所在山头的村庄昌古村，纳拉扬（Narayan）则是另一个比"帕斯帕提"有过之而无

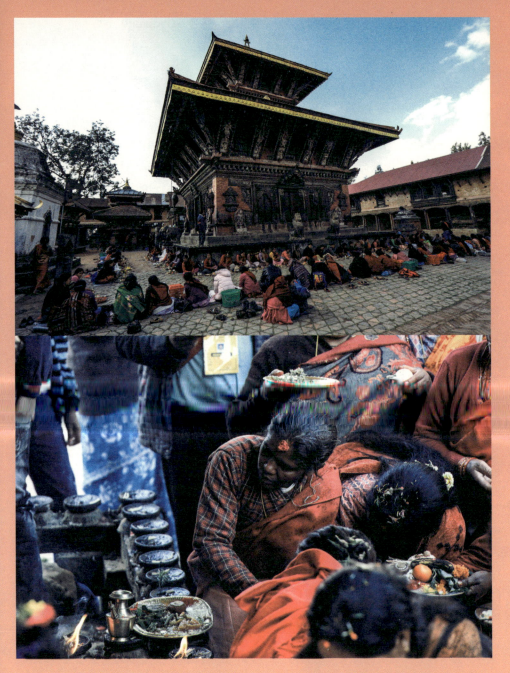

（上图）昌古纳拉扬神庙的建筑风格十分华丽，是尼泊尔境内印度教最重要的宗教圣地

（下图）虔诚供奉的中年妇女

（右图）对宗教仪式意兴阑珊的青少年

不及的泛用名，指的就是印度教三主神之一毗湿奴（Vishnu）的一种常见的化身。在尼泊尔的封建时代，有不少君王为了将自己神格化为毗湿奴神的化身，都会在名字的中间加进"纳拉扬"。

如此一来，我们可以准确地知晓，"昌古纳拉扬"如果直白地翻译成中文，就是指昌古村的毗湿奴神庙，是不是很简单呢？

参观神庙期间，我们偶然遇到一场印度教中的某种祭祀仪式，具体是什么内容不得而知，可形式上并不难理解。参与者们先是在神庙的周边围坐成一圈，将自己准备的供品，主要是香米、干粮、胭脂、蜂蜜、甘草之类的食物摆放在一个托盘中，主持的祭司会为每个人的额头涂上胭脂，向头顶洒上圣水以示祝福，最后，人们在祭司的诵经声中将供品献给供奉在神龛之内的毗湿奴神像。

尽管不知道祭祀的内容为何，但我在旁观之时看到了另一个有趣的现象。参加祭祀活动的人们，除了少部分男性之外，80%以上是上了年纪的中年妇女，几乎看不到年轻人的身影。寺庙内还有一些未成年或者接近成年的孩子，应该是这些参与者的家人。

这些孩子对这些宗教活动似乎并不感兴趣，有一部分年纪较小的会站在甚至比我所

在的位置还远的地方旁观，眼神里写满了不明所以。另一些年纪较大的孩子则干脆以无视的姿态在一旁自顾自地玩起了棋。

一边是虔诚进献的中老年人，另一边是意兴阑珊的青少年，这种强烈的反差足以让我们对这个国家未来的走向作出一些判断。

喜马拉雅山脉，这条地球上最雄伟的山脉像一块巨大的磁铁，吸引着各种肤色、国籍的人不远万里来到其南麓的弹丸小国尼泊尔，只为一睹她壮丽的风采。旅行者们除了带来他们的猎奇心之外，还将各种让人眼花缭乱的现代化装备，以及与这个相对闭塞的内陆国家迥然不同的文化和观念带到了这里。

有些东西是物质上的，譬如互联网、智能手机、单反相机、平板电脑那般显而易见；有些东西则是精神上的，譬如快餐文化、拜金主义、享乐主义等，并不那么直白明了。但是无论如何，这些外来文明都实实在在地影响着今日尼泊尔人，尤其是青年一代的生活和思想。

如加德满都谷地、博卡拉谷地的青少年人，居住在城市里，处在外来文明冲击的前沿阵地，其血液中流淌着对外来文明的宽容与实用至上的处世风格，使这种传统与现代的交锋结果几乎没有悬念。

曾经有人说，尼泊尔国内有三大宗教——印度教、佛教和旅游教。这个说法有些黑色幽默，可我觉得并不够准确。我更倾向于另一种人以群分的方法，将尼泊尔人归于三种群体——宗教群体、政治群体和旅游群体。

宗教群体大多是如昌古纳拉扬里的祭祀者那般的长者，通常生活在农村里，从事农业活动。年长者趋于固定的思维方式和习惯，已经很难摆脱宗教刻下的烙印，即便尼泊尔已经迈入了世俗国家的行列，他们依然参与古老的祭祀，献上供品，拜祭神灵，维持着传统的生活方式。

　　政治群体的数量是较少，却又希望引领社会变革的一类人。例如，长期聚集在加德满都的通迪凯尔广场周边的人们，他们接受过一定程度的高等教育，深受西方民主主义思想的影响，他们都迫切希望改变这个国家的现状。

　　而旅游群体是我们一路上接触、交流最多的群体。从市井商贩到客栈老板，从景点导游到出租车司机，他们从事的工作既与传统文化无关，又能零距离频繁接触到形形色色的外国人，不是站在现代商业的前端，就是站在了现代城市运转机器的先端。从形式上看，一个主动，一个被动，但结果是一样的，就是他们以飞快的速度接受了

何去何从

对大部分国民而言还非常陌生的世俗生活方式，宗教信仰对他们的约束力已经显得微乎其微。

　　无论我们如何区分这形形色色、种族与志向各异的尼泊尔人，他们都面对着同一个事实。现代文明如同喜马拉雅冰川融汇而成的巨大洪流，正以不可阻挡且迅雷不及掩耳之势冲击这个国家。

　　对于未来要走哪条路，没有人知道。

最长的一夜

旅行的最后一晚，我们聚集在陶马迪广场附近的一个茶室，主题原本是送别今晚将先行登机回国的老饭，却从前来接他的出租车司机处得到了次日也就是我将奔赴机场的日子，整个加德满都谷地会进行罢工（编者按：尼泊尔人把罢工称为Strike），所有的出租车都将停运的坏消息。

一时间我觉得有些哭笑不得，看来我的厄运仍没有结束。如果身在博卡拉，机场离湖区只有3公里，大不了徒步过去就是了，可是眼下我身在巴克塔普尔，离特里布万国际机场有12公里之遥。

出租车载着幸运躲过一劫的老饭迅速消失在夜幕中，时间已经是晚上8点。短暂的告上小异后，我知道眼下已经没有时间给我犹豫不决了，必须当机立断敲定对策。实际上，此时的选择并不太多，要么不为所动，要么明天早点起床出去高价找车，就算是罢工，相信重赏之下必有勇夫，而风险则在于如果真的没有"勇夫"，我将肯定会错过班机。

另一种比较玩命的选择，是明天凌晨5点出发徒步走到机场。由于是全负重慢速行进，估计耗时需要3小时以上。只要准时出发，在上午10点前就能走到机场，从而来得及赶上12点起飞的航班。这种方法的好处是不需要花费一分钱，对于步湖南兄弟后尘已再次接近弹尽粮绝的我而言有巨大的诱惑力，但也并非毫无风险，前往机场那条路我走过一次，沿途的治安极其混乱，万一睡过头或者在徒步路上遇到意外就得不偿失了。

回到湿婆旅馆时我作出了最终决定，上述几个并不稳妥的选项很快就被我否决。我选择了一种看上去最保险也是最大胆的方案：连夜离开巴克塔普尔，到机场附近随便找个地方凑合一晚上，明天一早短程徒步走到机场。这种方案我觉得可保万无一失，唯一不确定的在于，这个时间点还能不能找到车送我出去。

抱着一丝试试看的心情，我找到了有先知潜质的客栈老板，先与他确认了是否有罢工这回事，老板在给予肯定回答的同时，保持着属于旅游群体的尼泊尔人所特有的轻描淡写，似乎他对罢工这种事早已见怪不怪。

在尼泊尔从事与旅游相关行业的人士，他们的特质基本上都与这位老板一样，对于宗教和政治都显得漠不关心，一副置身事外的态度，或许是因为这个行业接触的外籍人士最多，外国人带给他们个人主义的社会性格，也带来了金钱至上的价值观，所以，他们大多是东西方特色兼备的矛盾体，也几乎都是唯利是图的实用主义者。

老板几乎不费吹灰之力就为我找到了一个司机，相应的代价是我除了要垫付今晚的房费之外，还在车费价格上几乎花掉了我口袋里所有的卢比。

很巧合的是，他好像知道我还剩下多少钱似的，非常人性化地给我留了600卢比去支付那还不知道在何方的"机场附近的旅馆"住宿费。眼见目的已达成，我立刻跑回房间整理起了行李。这是一间不足10平方米的单人小屋，也没有独立卫生间，却是个正对着杜巴广场上帕斯帕提那神庙的无敌景观房，遗憾的是，我将没有机会再听到塔莱珠大钟的钟声了。

加德满都谷地的基础设施建设极度落后，在夜晚则更加明显，出租车一开出狮子门，就仿佛一头钻进了无尽的黑暗之中。即使是连接加德满都与巴克塔普尔如此重要的交通要道，除了迎面而来的车辆大灯以及几盏聊胜于无的路灯之外，大部分路段都是伸手不见五指。

然而更让人惊讶的是，居然还有警察拦车检查。在车辆停下的那一刻，我几乎认定自己身上那硕果仅存的600卢比马上就要用来孝敬这些想象中的"车匪路霸"了。司机大叔用尼泊尔语向警察解释情况，并介绍我是来自中国的游客。警察叔叔闻言倒没有为难我，连护照都没有检查，反而一脸笑意地向我竖起大拇指，用极其生硬的英语说：

"Oh Chinese, Chinese is very good, Let them pass."

（噢中国人，中国人非常好，让他们过去。）

廓尔喀弯刀在近战格斗
中是威力无比的神兵利器

　　警察叔叔热情洋溢的夸奖并没有使我的民族自豪感维持太长时间，取而代之的是忧虑今晚的落脚点在何方。对于机场周边的情况，我几乎一无所知，只能把所有的希望都寄托到司机大叔身上。

　　司机大叔是个膀大腰圆的中年壮汉，微型面包车的驾驶室在他五大三粗的身材面前显得非常狭窄，更为难能可贵的是，他还具有尼泊尔人中少见的西方式幽默感。当我在湿婆客栈向老板焦急地询问"Where is the taxi（出租车在哪里）"时，他几乎是用自告奋勇的志愿者口吻嬉皮笑脸地抢着回答道"I'm the taxi（我就是出租车）"，令我一时颇觉轻松了不少。

　　司机大叔把车开到机场附近的一条无名小马路上，打算就在这儿为我找一家客栈。在此，我不得不公道地说一句，尼泊尔隶属于旅游群体的人们尽管宰起游客来是毫不手软，但赚钱归赚钱，做事情还是非常地道的。

　　我在出发时就已经付掉了车费，大叔此时完全可以将我扔在路边一走了之，但他并没有这么做，而是厚道地边帮我提行李边张罗着去寻找旅馆，并代替我用尼泊尔语跟店主交涉砍价，对于在这个夜晚孤立无援的我而言，这些看似举手之劳的事无异于雪中送炭。

　　在司机大叔的帮助下，我最终用仅有的600卢比（约合45元人民币）订到了一家招待所大堂旁边一间类似储藏室一样的房间。角落里放着一张陈旧的席梦思床垫，它是这间散发着长期无人居住异味的屋子的唯一家具，我甚至比在安纳布尔纳大本营更庆幸自己携带了睡袋。无论如何，总算是有了一个暂时的栖身之所了。

　　招待所前台服务员把大厅里的电视机开得震天响，尼泊尔新闻频道的播音员的肺活量令我大开眼界，我第一次见识到了人类竟然可以一口气讲这么多台词。我试图在这种滔滔不绝的唠叨中赶快睡着以熬过这个漫长的夜晚，临睡前还不忘把新买的廓尔喀弯刀放在手边，以备不时之需。

　　这把被称作"尼泊尔国刀"的近战利器拥有近乎完美的造型和寒光闪闪的利刃，是我从巴克塔普尔城内一个地摊上一眼相中并费了半天口舌才谈妥价钱买下来的。它是这位刀主的"镇摊之宝"，质地之精良与那些廉价的工艺品有天壤之别。

　　然而颇具讽刺意味的是，它第一个真正意义上的使命，却是成为我在这个前途未卜的夜晚唯一值得信赖的防身武器。

巴克塔普尔简明地图

巴克塔普尔自由行指南

机 场

　　巴克塔普尔古城距离加德满都的特里布万国际机场12公里，出租车的费用在600卢比左右。机场的出租车业务基本上被司机们组成的小团体垄断，如果在机场找车，那么开价可能会贵至800卢比，在这种情况下，坚持砍价一般都会得到满意的结果。

　　有一个需要提醒的小细节是，由于巴克塔普尔古城有着为数众多的入口，在上车前务必与司机确认下车的地点。通常来说，司机都会直接把你带到古城西门的售票处，但事先说明一下可以省却一些潜在的不必要麻烦。

门 票

　　售票处就在古城西门旁边，持有中国护照的游客在这里可以享受到低至100卢比的优惠门票，有效期为一周。而除中国及南亚合作组织成员国之外的游客，则将被收取贵10倍的高额进城费。

　　拿到门票后请妥善保管并随身携带，之后每次进出古城经过检票口都需要出示门票。

住 宿

客栈和旅馆大多集中在杜巴广场与陶马迪广场之间的那一堆住宅楼里，总共有6~8家，从古城西门进入后穿过杜巴广场到这个区域仅需5分钟步行时间。如果是在除10月、11月之外的淡季前往，那么当场砍价会比网上预订更便宜，而且不必担心没有房间，因为大规模的旅行团队一般不会在古城内过夜。

这些旅馆中观景效果较好的是湿婆旅馆（Shiva Guest House）和浮屠旅馆（Pagoda Guest House）。前者的景观房直面杜巴广场，后者则坐落在尼亚塔波拉神庙旁边。这些旅馆的景观房数量不多，通常会比较紧俏，尽量提前至旅馆的官网进行预订。浮屠旅馆隔壁的纽瓦旅馆（Newa Guest House）与浮屠旅馆是同一个老板开的，拥有良好的寺庙景观以及需要支付更高的价格。

湿婆旅馆（Shiva Guest House）官方网站：www.shivaguesthouse.com
浮屠旅馆（Pagoda Guest House）官方网站：www.pagodaguesthouse.com.np

饮 饭

古城内吃饭的选择并不太多，几乎所有的餐厅提供的膳食都大同小异，只想简单填饱肚子或者预算有限的话，找一些150~300卢比的简餐果腹很容易实现。

如果希望吃一顿较为丰盛的西餐犒劳一下自己的肠胃，那么湿婆旅馆的底楼餐厅会是一个性价比不错的选择，在那里点一份分量十足的烤鸡排，价格还不到500卢比。若是想要一个视野良好的景观座，位于陶马迪广场中央的尼亚塔波拉餐厅（Cafe Nyatapola）是不二之选，只不过价格也比较高。

交 通

1. 前往加德满都

乘坐公共汽车前往的话会有点折腾，你需要先从杜巴广场的西门出城一直走，大约500米后会看到一个名叫古雅的水池（Guhya Pokhari），沿路左拐后就能看到公共汽车的始发站，而它的终点是加德满都市中心的通迪凯尔广场东北角，票价取决于你遇到的司乘人员的厚道程度。

乘坐出租车直接前往加德满都泰米尔区的费用是800卢比。只要不是一些特殊的时间段，在古城西门口随时可以找到大批正在等候生意的司机。

2. 前往昌古纳拉扬神庙

　　对于方向感不是很强，又有地图阅读障碍的旅行者来说，寻找这趟公交车的乘坐站点是件尤为困难的事，因为它是一趟过路车，只是经过古城的西北部而已。如果无法在地图上识别古城北部通往昌古村的那条公路的T字路口，那么我建议还是乘出租车前往，往返10公里加司机等候的时间，价格应该是500~600卢比。

　　乘坐公共汽车前往的话尽管只需要支付15卢比，但是要面对极其拥挤的车厢，而且千万别相信半小时一班车的鬼话。我们在游览完毕回城时，仅仅等待发车就耗去了1个小时。更让人惊讶的是在行驶途中，一辆核定载客数仅为30人的中巴车，我留心数了一下，最多曾挤上了超过70名乘客，其中超过20人是坐在车顶的。

　　无论是上行还是下行，公共汽车都会在古城北部通往昌古村的T字路口停留较长时间。

3. 前往纳嘉科特

　　公共汽车站在古城西北角名为卡玛尔的水池（Kamal Pokhari）附近，距离杜巴广场2公里，徒步走到车站可能需要1小时。在背负所有行李转移阵地的前提下，建议选择在西门找出租车直接前往，价格在800~1000卢比之间。

　　值得一提的是，若你计划在清晨或者傍晚这些比较特殊的时间段前往纳嘉科特，那么建议提前去寻找出租车司机，谈妥价格、出发时间以及留下联系方式，以免耽误行程。这种操作方法在前往机场时同样适用，尼泊尔隶属于旅游群体的人们在契约精神方面还是值得信赖的。

加德满都谷地七大世界文化遗产位置地图

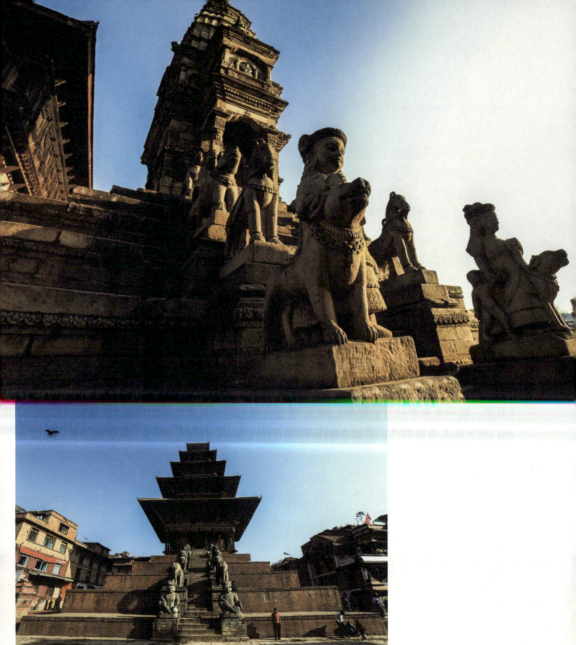

（上图）巴克塔普尔杜巴广场的建筑比之加德满都的恢宏大气，多了一份小家碧玉的温婉

（下图）尼亚塔波拉神庙

（右图）达塔特瑞亚神庙其貌不扬，却有着极其漫长的历史，而且，供奉三位一体神的神庙在谷地内并不多见

巴克塔普尔的世界文化遗产

1. 巴克塔普尔和巴德岗（*Bhaktapur & Bhadgaon*）

如果你在机场或者泰米尔区找来一部出租车，跟司机说要去巴克塔普尔，对方很可能会露出一脸茫然的表情。因为直至今日，这里的人们还是喜欢用这个古城在马拉王朝时代的名称"巴德岗（Bhadgaon）"。

至于其中的理由，很可能是因为这个城市的主要居民是从公元3世纪开始就在加德满都谷地定居的尼瓦尔人（Newari），而马拉王朝正是由尼瓦尔人所建立的。杜巴广场上还立有那个时代从马拉王朝中分裂出来的巴德岗王国最伟大的君王——布帕辛德拉·马拉（Bhupatindra Malla）的铜像。

如今，我们看到的古城中大多数宗教建筑和艺术都是这位布帕辛德·马拉国王在位时期建造的。1769年，巴德岗王国与马拉王朝被崛起的西部廓尔喀人（Ghokari）覆

灭，沙阿王朝随之建立，属于尼泊尔的文艺复兴时期也就此走到了尽头。

而居住在巴德岗的尼瓦尔人并没有因为改朝换代而舍弃“巴德岗”这个名称，或许这正代表了尼瓦尔人对于过去自己当家作主的那个王朝的怀念吧。

2. 杜巴广场（Bhaktapur Durbar Square）

从售票处所在的古城西门进入，便是十分宽敞的杜巴广场。这个西门通常被称为狮子门（The Lion Gate），源自数百年前曾经守卫着这个门的石狮雕像，不过今天已经有名无实。著名的大象庙就在狮子门外不远处。

杜巴广场的另一个著名的大门是通往老王宫的金色之门（The Golden Gate），不过与加德满都的帕斯帕提那神庙一样，王宫的正殿只对印度教徒开放，普通游客只能参观装饰有蛇神纳迦的皇家浴池，这种浴池的式样在柬埔寨的吴哥寺庙群中同样十分常见。

帕斯帕提那神庙、杜迦女神庙、吉祥天女寺、塔莱珠大钟这些杜巴广场上最具看点的建筑都集中在广场东侧湿婆旅馆的门口附近。白天，这些建筑上可能会挤满了各种拍照的人和晒太阳的狗，如果住在古城内，推荐一早一晚前往那去获得片刻的清静。

3. 陶马迪广场（Taumadhi Tole）

尽管面积要比杜巴广场小很多，不过因为古城中乃至整个加德满都谷地中最耀眼的建筑——尼亚塔波拉神庙（Nyatapola Temple）坐落于此，陶马迪广场便成为巴克塔普尔古城的四大广场中最具人气的地方。它与杜巴广场仅一墙之隔，只要朝着高大的尼亚塔波拉神庙的方向走，无论选择哪条路，你都能顺利地找到它。

尼亚塔波拉神庙的5层基座是加德满都谷地的宗教建筑中一种常见的表现形式，每一层都会有两名形态各异的守卫。从最底层开始分别是马拉（意为摔跤手）、神象、狮子、狮鹫，第五层是法力最强的狮女神（Singhini）和虎女神（Baghini）。上一层的角色法力都是下一层的10倍，而最底层的马拉的法力则是普通人的10倍。

由于客流量巨大，陶马迪广场周边商铺众多，会出售一些诸如廓尔喀弯刀之类的工艺品，但大多粗制滥造，没什么收藏价值。而当你看到有些商贩坐在路边，摆了个毫不起眼的地摊，那里却往往能淘到好东西。与善于经商的尼瓦尔人做交易，在砍价方面完全没有客气的必要。

4. 塔丘帕广场（Tachupal Tole）

这个广场远在古城的东部，从杜巴广场、陶马迪广场走过去需要花点时间穿城而过，不过要是从一些小巷中穿行而去，倒也正好趁此机会感受一下普通居民们的生活状态。

这个广场的寺庙不算多，最引人注目的莫过于达塔特瑞亚神庙（Dattatreya Temple），这座拥有将近700年历史的神庙是巴克塔普尔古城中最古老的宗教建筑。其中供奉的达塔特瑞亚是印度教三主神梵天、湿婆、毗湿奴的三位一体化身。

5. 陶工广场（Potters' Square）

古城四大广场中的最后一个就是这坐落在古城南部的陶工广场，在这里有不少出售陶制或木制雕刻工艺品的商铺，值得挑选一些诸如香炉、笔筒、风铃、烟灰缸之类实用的纪念品。

陶工广场上的陶制品

象征着吉祥和好运的象头神木雕是尼泊尔民间十分常见的一种装饰物，不过真正的象头神应该只有一只象牙

大家都知道佛像不能随便请，不过在尼泊尔却有一个例外，那就是象征着幸运和智慧的象头神锁尼萨，这位身世颇为离奇的"神二代"具有非常平民化的特色，在陶工广场附近可以看到很多出售象头神木雕的摊位。即便你对宗教没有任何兴趣，带上一个可能会给你带来好运的象头神挂饰回家，以作为尼泊尔旅行的纪念，那也是极好的。

6. 昌古纳拉扬神庙（*Changu Narayan Temple*）

这座可能是加德满都谷地乃至整个尼泊尔最有分量的世界文化遗产，位于巴克塔普尔古城正北大约7公里处名为昌古村的低矮山梁之上。可以按照前述的方法乘公共汽车或者出租车前往，如果你能忍受路上那漫天的灰尘，那么徒步走过去也是没有任何问题的。

之所以说它最有分量，是因为据说它始建于1500年前。在加德满都谷地你固然能找到海量的历史遗迹，但超过1000年的可谓绝无仅有。比较遗

（右上图）在可以预见的将来，印度教在尼泊尔仍会具有举足轻重的影响力

（右下图）在昌古纳拉扬神庙中，毗湿奴的化身雕塑随处可见

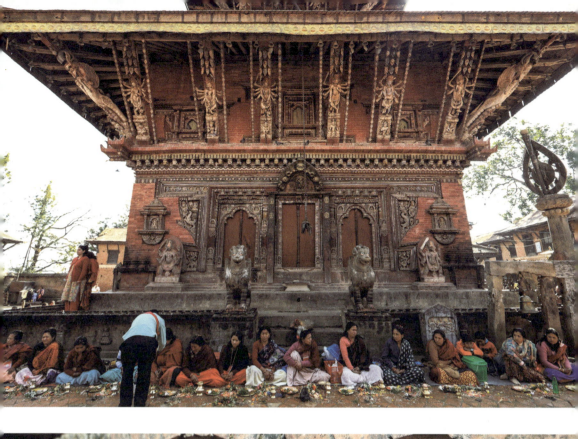

憾的是，这座寺庙存在的确切历史长度似乎已经无从考证。

我们之前介绍过，纳拉扬是毗湿奴神的一种最常见的化身，所以这座寺庙所供奉的以及院落内呈现的也均为毗湿奴的各异造型。寺庙本身规模并不大，有些石雕散落在院内较为偏僻的角落，比较容易忽略，需要细心寻找。

神庙的门票价格是几乎可以忽略不计的100卢比，但令人费解的是到此参观的游客少之又少，我觉得只要有半天的闲暇时间，就绝对没有理由错过这个景点。以尼泊尔印度教的各类祭典之繁多，只需要一点点运气，你就可能遇到一场极具宗教氛围的祭祀活动。

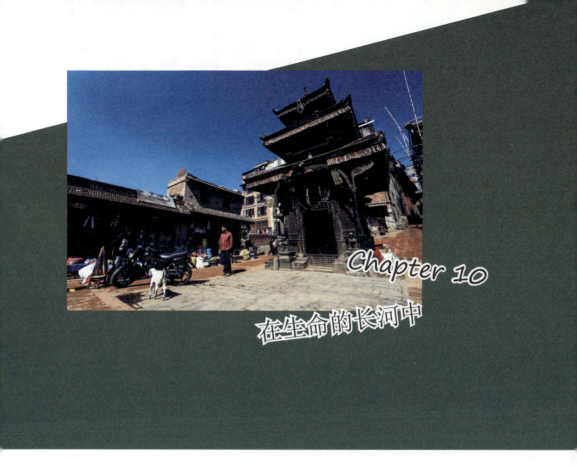

Chapter 10

在生命的长河中

无论尼泊尔将走向何处，我们都会对这个神奇国度的未来送上最真诚的祝福

喜马拉雅的宠儿

　　当我一觉醒来走出房间，发觉无论是工作人员还是住客，都根本懒得朝我看一眼的时候，我才知道自己前夜的战战兢兢有多多余。事实证明，一个身无分文的男性背包穷光蛋，无论在世界的哪个角落都是引不起任何人的兴趣的。

　　我讪讪然收起冰凉的弯刀，整理好行李走到街上，这才看清了昨晚陷入一片漆黑的这条无名小马路的样子：街道两侧老宅林立，到处是裸露的私拉电线，杂货铺、招待所、满地的垃圾以及那些仿佛被遗忘在城市边缘却还在泰然生活着的人，有点像我小时候经常去玩的上海市南市区的状态。

　　我呆立在马路的中央，陌生的人们无视我的存在，不停地从身边擦肩而过，我一时_____，各种纷乱的思绪和遥远的记忆在脑海中百感交集。尼泊尔之行的收尾，是如此戏剧性，如梦似幻。

　　_____，我背着_____一个朝着机场点而缓慢地走去。传说中的罢工如期而至，空旷的街道上看不到一辆汽车，只有和我一样无端受累的人们在背着大包小包的行李徒步前行，其中甚至包括一些机场工作人员的身影。

　　我看到几个尼泊尔人在路边一块空地上打羽毛球，水平还很不错。在这个没有发动机轰鸣声的清晨，球拍与球的撞击声、人们快乐的嬉笑声显得分外清晰。然而，这块可以打羽毛球的空地却被一座座垃圾山包围着，我扭过头快步离去，不忍按下快门。

　　诸神从来不会主动放弃人们，因为每个人都是自己的上帝，只有自暴自弃才是真正的放弃。我试图在那渐行渐远的欢笑声中让自己乐观起来，这里的人们并没有放弃自己，他们只是有些犹豫，有些迷茫，有些恐惧，因为摆在他们面前的是一条未知的探索之路，没有人知道在路的尽头等待他们的是怎样的风景，这也是大多数人成长道路上必经的一堂课。

　　我憧憬着有一天，还能来到这个神奇的国度。我并不能确定，到时候居住在这里的人们一定就能找到属于他们的未来，我只是相信，居住在离神灵这般接近的地方的人们，从不应该失去信心和希望。

　　总会有那么一些人或事，哪怕早知终究要说再见，也会让我们义无反顾地在生命的长河中陪着他们，静静地走过一程。

不灭的希望

空客A319那推力达到2.7万磅的发动机发出声嘶力竭的巨大轰鸣，引领着我挣脱高原的稀薄空气，向着江南水乡归去。

隔着机窗，我回望着渐渐远去的加德满都谷地那密如蜂巢的低矮房屋，那充斥着令我深恶痛绝的噪音却又几乎已经习惯了它的缓慢的古老城市；北方不远处，是亘古不变的喜马拉雅山脉，一条清晰得有些过分的冬季雪线仿似上天随手一画，分割出众神与人类的不同领域。

一时，我如鲠在喉，夹杂着些许不舍。此刻的每一次回眸，都意味着可能要过很长的时间才能再见到眼前的这些风景。我知道自己即将回到城市，又要在世俗生活中度过一段漫长的蛰伏期，才能再次上路。

尼泊尔之行的12天之间，喜马拉雅山脉又覆盖上了新的积雪。如同在短时间内就迅速覆盖上的积雪一般，今日尼泊尔也将面临着前所未有的社会巨变。

这是一个必须经历的社会阵痛期，也许有很多人将会为此付出或已经付出了高昂的代价，而"东方瑞士"的蓝图却依然遥远。但是我依然相信，属于尼泊尔人的崭新时代，总有一天会应运而生。

航班继续向东飞行，离开拉萨上空大约20分钟后，我预计着差不多要到达喜马拉雅山脉东段的边缘了，便目不转睛地朝窗外张望，试图寻找屹立在此的南迦巴瓦峰与加拉白叠峰的身影。

在空中俯瞰这些山峰，令我想起了电影《黑客帝国3》里的一个场景，那是快结尾的时候，尼奥和崔妮蒂为了拯救锡安，驾着飞船前往机械帝国。在进入机械帝国核心之前，两人受到了机械章鱼的阻击，情急之下，他们把飞船往高处拉升，直至冲破云层。

此时，环境发生了巨大的变化，从阴云、雷电、机械章鱼切换成了纯净的天空与高悬的太阳，故事的设定让两位主角从没见过这般风景，崔妮蒂只说了一句"So beautiful"，飞船就在暂时的定格之后，又掉落到了狰狞的地面世界。

崔妮蒂在坠机时丧生，而尼奥则与史密斯同归于尽，为了他们所相信的东西，剧情的安排让他们都显得视死如归，这是一种西方文化中所崇尚的殉道情结。不过就算这是电影，在生命结束之前看到那一番风景，就算是短短几秒钟，他们也一定会想，自己做的事是值得的。

人有时会很复杂，但有时也很简单，他们相信什么？并不是什么大义凛然的道义信仰，而是那一幅画面：阴云之上还有蓝天，凡间之上确有天堂。

这个世界上，有一种东西能够穿透一切高墙，无法被夺走，也无法被触碰，它只在我们的内心深处，那就是希望。

因此，尽管最终我还是无法确认，拍下的几幅照片里到底有没有南迦巴瓦峰和加拉白垒峰的身影，但这一切似乎已经不怎么重要，无论我有没有看到它们，它们都在那里。

我没能确认它们的身影，但确认了另一件事——当我被淹没在这个拥挤的都市，被淹没在世俗生活的琐事中的时候，它们始终在那里，或云雾缭绕，或曙光披肩，从未离开，这或许就已经足够。

后记

Postscript

关于本书的内容，我曾专门结合途中的航拍经历，详细介绍了喜马拉雅山脉各方面的情况，并对各个独立山峰的名称和海拔在照片上进行标注，以及对整条喜马拉雅山脉进行抽丝剥茧般的详细分析。为此，我花费了大量的时间去学习、研究、核对相关的信息和数据。

在国外，有很多山岳发烧友去做这些事，并把研究的成果无偿分享，可在国内还没有先例。中国是一个山岳大国，喜马拉雅山脉的北坡均在我国西藏境内，是上天赐予中国人民的宝贵财富。可由于种种原因，大部分国人对其知之甚少，我个人在颇觉惋惜之余，这也是促使我去做这项义务工作的动力。

山岳文化目前虽然是小众文化，可感兴趣的人却并不在少数，很多时候只不过是缺少深入了解的途径或者平台。这部分内容发表在我个人博客上，有兴趣的读者可以去了解一下。

我写这篇尼泊尔游记的初衷，是希望更多的人能通过我的文字，去了解喜马拉雅山脉，了解徒步旅行的意义，它不同于"征服"或者"走遍"这些带有强烈个人色彩和占有欲望的概念，而更趋向于体验和理解。

我认为，通过徒步旅行能有助于我们更为理性地看待如今略显浮躁的旅行环境，能用更平和的眼光看待我们生活的这个时代，既正视存在的问题，又能对未来充满希望，这才是真正的坚强，才是我们这些小人物能为这个世界变得更美好而尽的微薄之力。

行文至此，我的安纳布尔纳大本营徒步旅行算是正式结束了，我又能腾出精力，着眼于下一次的旅行。我有一个宏大的梦想，就是希望自己能成为喜马拉雅山脉的专家，在有生之年，能徒步去到所有14座8000米级山峰的登山大本营，或者在山脚下仰望它们一眼，然后把旅途中的经历与见闻和喜马拉雅山脉这个同样属于中国的宝贵财富带回家，撰写成文与大家分享。

毫无疑问，如果我真要将这个计划付

诸实践，肯定要面对难以想象的困难。尚且不论高额的旅行费用，除了已经完成的安纳布尔纳大本营徒步，要去其他任何一座8000米级山峰的大本营，需要的时间至少都在半个月以上，而且这些大本营的海拔均不低于4500米——时间、财力、身体状况，无一不是严峻的考验。

不过，即便注定了在这个领域我要孤军奋战，我都会为了完成这个梦想而继续行走下去。就像我每次离开高原，都坚信着某一天一定会再回去；就像我一点都不会怀疑，自己在不远的将来会再去喜马拉雅山区徒步。

人的一生伴随着时间、精力、资源基本是一个定量，但只有按照自己内心的真实意愿去行动、去运用这些定量的时候，人活着才是有价值的。

世上很多事就怕"坚持"二字，或许相比于事情的结果本身而言，对于梦想的永不放弃才是更重要的。因此这篇游记既是一种抛砖引玉式的尝试，也是我朝着这个梦想前进的万里长征第一步。

由于本书的文字写作、数据整理、图片处理以及信息校对等工作繁重，加上有限的业余时间和个人能力所限，仓促之下难免有所错漏，欢迎各位读者批评指正。

在此，我必须特别感谢广东旅游出版社，若没有你们提供给我这样展示自己的舞台，那么以上这些想法再美好，也仅仅是空中楼阁。

我也要感谢一直在身边给予我关心、支持的亲友，以及本文中提到的所有在旅行中遇见的朋友。我相信世间的一切皆因果，也相信遇到的每一座山峰中相知相识的每一个人都是这本书得以出版的一个零件。无论少了你们中的任何一环，我都无法走到今天这一步。

最后，向所有能在百忙之中抽出时间读完本书的读者，鞠躬致谢。

镜之形而
于上海

附录1　尼泊尔历史大事年表

年代	历史阶段	历史事件
公元前6000年	史前时代	喜马拉雅山区开始有人定居
公元前1500 ~前700年	戈帕尔王朝 阿希尔王朝	
公元前563年	克拉底王朝时期 （公元前7世纪至公元300年）	迦毗罗卫国王子乔达摩·悉达多诞生，并于35岁时在菩提伽耶悟道成佛陀
公元前250年		信奉佛教的孔雀王朝阿育王在蓝毗尼拜祭佛迹，并在加德满都谷地的帕坦附近大力弘法
7世纪中叶	李查维王朝时期 （4世纪至9世纪）	藏王松赞干布为对抗苯教僧侣集团，迎娶赤尊公主，并将佛教引入西藏
649年		大唐高僧玄奘西游取经途经佛祖诞生地蓝毗尼，并对当地风貌作了详细记载
10世纪左右	第一王朝 第二王朝 索罗尔王朝（10世纪至12世纪）	尼泊尔进入没有详细历史记载的黑暗时期。加德满都正式建城，最初的名字是坎提普尔（Kantipur）
1200年		马拉王朝建立，尼泊尔进入稳定快速的发展时期
1349年		孟加拉国的穆斯林入侵，但并未对尼泊尔造成巨大破坏
1482年	马拉王朝时期 （1200至1769年）	马拉王朝分裂为加德满都、帕坦、巴德岗三个独立城邦，宗教建筑的修筑在王国之间大兴土木的对抗中达到空前的繁荣。今天加德满都谷地的寺庙遗迹多修建于此年代
1531年		夏尔巴人来到珠穆朗玛峰附近的昆布地区定居，他们是藏族的一支，拥有天赋异禀的高海拔地区活动能力
1769年		廓尔喀国王普里特维·纳拉扬·沙阿率兵包围加德满都谷地，趁谷地欢庆因陀罗节时发起进攻，马拉王朝覆灭，沙阿王朝建立
1792年	沙阿王朝时期 （1769至2008年）	廓尔喀人入侵西藏日喀则地区，清政府派大学士福康安领兵反击，史称廓尔喀战争。最终清军大获全胜，进兵至离加德满都仅20公里的努瓦科特村，双方签订城下之盟，尼泊尔从此成为清政府的藩属国直至1912年

（续上表）

年代	历史阶段	历史事件
1816年		英国赢得对尼泊尔战争的胜利，并在加德满都开始了实为殖民的驻扎监视，廓尔喀佣兵开始进入英军部队服役。尼泊尔的现代国境线划定于此时
1846年		野心勃勃的贵族忠格·巴哈杜尔导演"科特庭院"惨案，屠杀大批王室贵族，夺取尼泊尔军政大权，自称首相，开始了长达一个多世纪的拉纳家族世袭统治，沙阿国王沦为傀儡
1856年		珠穆朗玛峰第一次被正式公认为世界最高峰，西方普遍称这山峰为额菲尔士（Everest）
1923年		鉴于10万名廓尔喀士兵在第一次世界大战中的英勇表现，英国正式承认尼泊尔的独立地位，并与之签订了永久和平友好条约
1934年	沙阿王朝时期 （1769年至2008年）	在廓尔喀王国更名为尼泊尔王国3年后，加德满都谷地发生里氏8.3级大地震，近万人在这场浩劫中失去生命
1951年		特里布万国王联合尼泊尔大会党，推翻拉纳家族专政，建立联合政府。尼泊尔开启了对外交流的大门
1953年		新西兰人埃德蒙·希拉里在夏尔巴向导丹增·诺盖的协助下登上珠穆朗玛峰。喜马拉雅登山黄金时代正式开始
1990年		受苏联解体、东欧剧变的影响，尼泊尔人开始走上街头要求国王交出权力。比兰德拉国王迫于民意同意开放党禁，尼泊尔进入了混乱的民主试验时代
1996年		左翼激进派尼泊尔共产党（毛主义）向政府宣战，长达10年的人民战争拉开帷幕。同年5月，珠峰发生重大山难，8名登山家在下撤途中丧生，幸存者乔恩·克拉考尔的著作《进入空气稀薄地带》详细记录了惨剧发生的经过
2001年		王储潘迪德拉在宫廷聚会中枪杀10多名王室成员后饮弹自尽，其中究竟至今仍没有确切的说法

（续上表）

年代	历史阶段	历史事件
2006年	沙阿王朝时期 （1769年至2008年）	尼泊尔迎来了现代史上最重要的时刻。尼共游击队兵临加德满都城下，国王贾南德拉被迫宣布恢复议会。议会投票宣布剥夺国王的一切军政权力，尼共与其他8个政党一起组成联合政府，并制定临时宪法
2008年	尼泊尔联邦民主共和国 （2008年— ）	议会以压倒性的优势宣布废除王权，国王成为平民，尼泊尔结束了长达240年的封建君主制，正式迈入了现代国家的行列，一个崭新的时代已经来临
2015年		尼泊尔发生8.1级地震，无数人失去生命，12个世界文化遗产在地震中损毁

附录2 尼泊尔著名徒步旅行线路列表

萨加玛塔国家公园（朱穆朗玛峰南坡地区）(Sagarmatha National Park)

线路名称	最短天数	难度系数	最高海拔	主要看点
卡拉·帕塔尔和珠峰南坡大本营（Kala Pathar & Everest Base Camp Trek）	12	★★★	卡拉·帕塔尔（Kala Pathar），5545米	阿玛·达布拉姆峰（Ama Dablam, 6856米）努布策峰（Nubtse, 7879米）珠穆朗玛峰（Mount Everest, 8848.43米）普莫日峰（Pumo Ri, 7165米）昆布冰川（Khumbu Glacier）昆布冰瀑（Khumbu Ice Fall）
戈克尤峰（Gokyo Peak Trek）	10	★★★☆	戈克尤峰（Gokyo Ri），5360米	卓奥友峰（Cho Oyu, 8201米）格重康峰（Gyachung Kang, 7952米）格重巴冰川（Ngozumba Glacier）第五湖（Ngozumba Tso, 4990米）第六湖（Gyazumba Tso）
朱孔（Chhukhung）	7	★★★	朱孔日（ChhukhungRi），5546米	洛子峰（Lhotse, 8516米）岛峰（Island Peak, 6189米）洛子冰川（Lhotse Glacier）
朱孔、卡拉·帕塔尔、戈克尤峰环线（Kala Pathar & Gokyo Ri Trek）	16	★★★★	卡拉·帕塔尔（Kala Pathar），5545米	上述所有景观 需翻越草拉山口（Cho La, 5330米）

（续上表）

安纳布尔纳保护区
(Annapurna Conservation Area)

线路名称	最短天数	难度系数	最高海拔	主要看点
安纳布尔纳大环线 (Around Annapurna)	15	★★★★	托隆山口 (Thorung La, 5416米)	安纳布尔纳一号峰 (Annapurna I, 8091米) 安纳布尔纳二号峰 (Annapurna II, 7937米) 安纳布尔纳三号峰 (Annapurna III, 7555米) 冈嘉布尔纳峰 (Gangapurna, 7455米) 安纳布尔纳四号峰 (Annapurna IV, 7525米) 马斯扬迪河谷 (Marsyangdi Khola)
安纳布尔纳圣地 (Annapurna Sanctuary Area)	5	★★★	安纳布尔纳大本营 (Annapurna Base Camp, 4130米)	安纳布尔纳南峰 (Annapurna Dakshin, 7219米) 希恩楚里峰 (Hiun Chuli, 6434米) 鱼尾峰 (Machhapuchhare, 6997米) 南安纳布尔纳冰川 (South Annapurna Glacier) 古荣族村落 (Gurung Village)
戈雷帕尼、甘杜克环游 (Ghorepani & Ghandruk Trek)	3	★★	布恩山 (Poon Hill, 3210米)	安纳布尔纳一号峰 (Annapurna I, 8091米) 安纳布尔纳南峰 (Annapurna Dakshin, 7219米) 道拉吉里一号峰 (Dhaulagiri I, 8167米)
木斯塘 (Mustang)	7	★★☆	卓格拉山口 (Chogo La, 4325米)	世界文化遗产， 藏族聚居区都城珞·曼塘 (Lo Manthang)

朗当国家公园
(Langtang National Park)

线路名称	最短天数	难度系数	最高海拔	主要看点
朗当山谷（Langtang Valley）	7	★★☆	朗当夏喀卡（Langsisha Kharka, ...米）	朗当利荣峰（Langtang Lirung, 7246米） 朗当二号峰（Langtang II, 6581米） 朗当峰（Langtang Ri, 7205米） 波隆日峰（Porong Ri, 7285米） 多尔雷拉克帕峰（Dorje Lakpa, 6966米） 朗当冰川（Langtang Glacier）

干城章嘉保护区
(Kanchenjunga Conservation Area)

线路名称	最短天数	难度系数	最高海拔	主要看点
干城章嘉雅隆大本营（干城章嘉南线）Kanchenjunga Yalung Base Camp（Kanchenjunga South）	10	★★★★	雅隆大本营（Yalung Base Camp, 4534米）	干城章嘉峰（Kanchenjunga, 8586米） 雅隆康峰（Yalung Kang, 8505米） 卡布鲁一号峰（Kabru I, 7412米） 昆巴卡纳峰（Khumbhakarna, 7711米） 雅隆冰川（Yalune Glacier）
干城章嘉大本营（干城章嘉北线）Kanchenjunga Base Camp（Kanchenjunga North）	15	★★★★★	干城章嘉大本营（Kanchenjunga Base Camp, 5140米）	干城章嘉峰（Kanchenjunga, 8586米） 干城章嘉中央峰（Kanchenjunga Center, 8473米） 康巴城峰（Kangbachen, 7902米） 尼泊尔峰（Nepal Peak, 7177米） 昆巴卡纳冰川（Khumbhakarna Glacier） 干城章嘉冰川（Kanchenjunga Glacier）

（续上表）

马卡鲁-巴润国家公园 (Makalu-Barun National Park)

线路名称	最短天数	难度系数	最高海拔	主要看点
马卡鲁大本营 (Makalu Base Camp)	15	★★★★	马卡鲁大本营 (Makalu Base Camp, 5000米)	马卡鲁峰 (Makalu, 8485米) 巴润策峰 (Baruntse, 7220米) 康琼策峰 (Kangchungtse, 7640米) 巴润冰川 (Barun Glacier)

马纳斯鲁保护区 (Manaslu Conservation Area)

线路名称	最短天数	难度系数	最高海拔	主要看点
象头神大本营 (Ganesh Himal Base Camp)	7	★★☆	托罗贡巴大本营 (Torogumba Base Camp, 3920米)	象头神一号峰 (Ganesh I, 7422米) 象头神二号峰 (Ganesh II, 7118米) 象头神四号峰 (Ganesh IV, 7104米) 托罗贡巴冰川 (Torogumba Glacier) 马纳斯鲁峰 (Manaslu, 8163米)
马纳斯鲁大环线 (Around Manaslu)	15	★★★★☆	拉克班扬山口 (Larke Bhanjyang La, 5106米) 里皮纳拉山口 (Ripina La, 4720米)	喜马楚里峰 (Himal Chuli, 7893米) 雅迪楚里峰 (Nyadi Chuli, 7871米) 马纳斯鲁北峰 (Manaslu North, 7157米) 希南冰川 (HInang Glacier) 彭根冰川 (Punggen Glacier) 马纳斯鲁冰川 (Manaslu Glacier) 拉克冰川 (Larke Glacier)

（续上表）

线路名称	最短天数	特殊线路 (Special Presentation) 途经地点（由东向西）
大喜马拉雅小径（尼泊尔段） Great Himalaya Trail（@Nepal）	约180天	干城章嘉保护区（Kanchenjunga Conservation Area） 马卡鲁-巴润国家公园（Makalu-Barun National Park） 素伦昆布地区（Solukhumbu） 罗尔沃林地区（Rolwaling） 朗当国家公园（Langtang National Park） 马纳斯鲁保护区（Manaslu Conservation Area） 安纳布尔纳保护区（Annapurna Conservation Area） 多尔帕地区（Dolpa District） 拉拉国家公园（Rara National Park） 胡姆拉地区（Humla District）

（注：此处的最短天数，指的是徒步活动本身需要的时间，不包含前往尔及前往徒步起点所花费的时间，该最短天数为作者预测值，仅供参考。）